Biberfieber

Krummes Ding am Toten Winkel

1. Auflage 2018

ISBN 978-3-7641-5134-8

Lektorat: Angela Iacenda
Umschlagillustration: Sascha Morawetz
Druck und Bindung: GGP Media GmbH, Pößneck
Gedruckt auf Papier aus geprüfter nachhaltiger Forstwirtschaft.
www.ueberreuter.de

INA ROMETSCH & MARTIN VERG

KRUMMES DING AM TOTEN WINKEL

ueberreuter

1. KAPITEL
DER MORDVERSUCH

FREITAG, 5. JULI, AM FRÜHEN ABEND

Zuerst sah ich den Mönch mit dem Messer.

Dann den Biber. Es war mein erster lebendiger. Ich kannte die Tiere bisher nur von Bildern. Ich wusste, dass unten am Fluss welche lebten, denn ich hatte dort abgenagte Baumstämme entdeckt. Doch hier war nicht der Fluss. Der Biber saß gefangen in einem Käfig aus Weidenruten, auf halber Strecke zwischen unserem Hühnerstall und der Burg. Beziehungsweise der Baustelle, die Burg war ja noch lange nicht fertig.

Das Tier blickte mich aus dunklen Augen neugierig an. Es hockte auf den Hinterfüßen, in den Vorderpfoten hielt es eine Karotte und knabberte daran. Mit Zähnen, wie ich sie noch nie gesehen hatte: lang wie mein kleiner Finger, die Farbe von Karamellbonbons. Die Hauer wirkten bedrohlich, nicht nur für Karotten. Das Fell aber schien weich und kuschelig. Und es war sehr hell, fast wie Gold. Bestimmt eine Seltenheit. Von den Zähnen mal abgesehen, war das Kerlchen eigentlich ziemlich süß.

Der Mönch dagegen? Weniger süß. Seine braune Kutte spannte am

Bauch, als hätte er sie zwei Nummern zu klein gekauft. Und mit seinen dicken Fingern hielt er ein Messer umklammert. Ein stattliches Exemplar von Messer, ungefähr so lang wie mein Unterarm.

Der Mann stand direkt vor dem Käfig auf dem vom Regen aufgeweichten Weg. Jemand hatte die tiefsten Pfützen mit Holzbrettern abgedeckt, die nun wie ein wackeliger Steg über das Gelände führten. Offenbar zu wackelig für den Mönch, jedenfalls stand er einfach daneben, wo seine Lederschlappen tief in die schlammige Erde sanken.

»Der Herrgott schickt dich zur rechten Zeit«, raunte der Klops in Kutte in meine Richtung. »Tritt näher, Jüngling! Wie nennt man dich?«

»Ich heiße Simon«, sagte ich und machte einen Schritt auf ihn zu, wobei ich versuchte, nicht von der Holzbohle zu rutschen.

»Mich ruft man Bruder Gulo«, raunte er weiter. »Simon, du sollst mein Gehilfe sein!«

»Gern, Bruder Gulo. Gehilfe wobei?«

Der Mann nuschelte etwas, das klang wie »beim Schlachten«.

»Wie bitte?«, fragte ich sicherheitshalber.

»Beim Schlachten«, wiederholte er und sah mir direkt ins Gesicht. Ich sah zu dem Biber, der ungerührt an seiner Karotte knabberte. Dann blickte ich wieder zu Gulo, der sich mit der Zunge über die Lippen leckte. Ich muss ziemlich dumm aus der Wäsche geschaut haben. Beziehungsweise aus meinem kratzigen Leinenhemd.

»Heilige Mutter Gottes«, zischte Gulo nun schon etwas ungehalten. »So mach einfach den Käfig auf, mein Sohn, hol den Biber raus und halt ihn fest für mich!«

»Äh«, sagte ich.

Besser wäre gewesen: »Stopp! Ich bin doch kein Metzger!« Oder: »Biber stehen unter Naturschutz. Messer weg, du Spinner!«

Aber das fiel mir so spontan nicht ein – und selbst wenn: Ich war zwölf Jahre alt und wog knapp 40 Kilo. Gulo dagegen: drei Mal so alt, drei Mal so schwer. Und dann noch die Klinge. So viel zum Kräfteverhältnis.

»Haltet ein, Bruder«, bekam ich schließlich noch heraus. Klang leider etwas weniger bestimmt, als ich gehofft hatte. Denn Gulo fummelte bereits an der Klappe des Verschlags herum, das Messer unter den Arm geklemmt.

»Auch egal, ich schaff das alleine, möge der Herr dir vergeben«, brummte er. »Heute ess ich jedenfalls gedämpften Biberschwanz in Salbeibutter. Ich kann keine Hirsegrütze mehr sehen.«

Der Mönch öffnete schnaufend den Käfig und beugte sich hinunter. »Komm, mein Braten, leckerleckerlecker!«

Ja klar, ich hätte einschreiten müssen. Aber ich stand nur da, fassungslos. Wie gelähmt sah ich zu, als Gulo nach dem Biber grapschte und ihn aus seinem Gefängnis zerrte.

Dann ging plötzlich alles ganz schnell. Die Klinge blitzte auf. Doch bevor der Mönch den tödlichen Stoß setzen konnte, entfuhr ihm ein markerschütternder Schrei. Das Messer fiel zu Boden und versank glucksend im Modder. Der Biber sprang von Gulos Arm und verschwand erstaunlich flink im nächstgelegenen Unterholz. Der Mönch hielt sich die linke Hand und krümmte sich.

»Beim heiligen Rochus, das Biest hat mich gebissen!«, schrie er.

Ich drehte mich weg, um mein Grinsen zu verbergen.

Ende gut, alles gut, dachte ich. Aber das war ein Irrtum. Wir waren längst nicht am Ende angekommen. Es war gerade einmal der Anfang einer sehr langen, sehr verrückten Geschichte.

Und nicht alles wurde gut.

2. KAPITEL
DIE BURGHERRIN

FREITAG, 5. JULI, AM FRÜHEN ABEND

»Hiiilfe!« Gulo hüpfte im Matsch herum wie ein Känguru auf der Herdplatte. »Junge, tu was, ich verblute! Rette mich!«, schrie er und hielt sich die Hand, von der ein paar dunkelrote Tropfen auf seine braune Kutte fielen.

Doch noch bevor ich mir überlegen konnte, ob er vielleicht wirklich Hilfe brauchte, wurde ich unsanft beiseitegestoßen. Ich verlor das Gleichgewicht, rutschte mit einem Fuß vom nassen Holz und schlitterte im nächsten Augenblick in eine Schlammpfütze. Hinterteil voraus. Ich spürte, wie kaltes Wasser sich in meinen Kittel sog. Während ich mich wieder aufrappelte, hörte ich eine Frauenstimme. Sie klang ungehalten.

»Berichtet! Was hat sich hier zugetragen, Bruder Gulo?«

Ich sah auf. Es war die Bauleiterin und künftige Burgherrin am Toten Winkel, Julia von Ebersau. Ebers-Au, nicht Eber-Sau. Sie stand breitbeinig vor dem Mönch, in einem weinroten knielangen Gewand mit schmalem Pelzkragen. An ihrem Gürtel, der aus Silberdraht geflochten zu sein schien, hing ein kurzes Schwert. Die langen roten

Haare waren unter einem ballonartigen Etwas verborgen, von dem, etwas matt, eine lange Feder hing. Die Füße der Frau steckten in einer Kruste aus glänzendem Schlick.

Also eigentlich steckten sie in Lederstiefeln. Von denen war aber nichts zu sehen, außer der dicken Dreckschicht, die daran klebte. Der Burgherrin erging es nicht besser als uns allen: Der Dauerregen hinterließ seine Spuren.

»Was hat sich hier zugetragen?«, wiederholte sie.

»Der verdammte Biber. Er hat mich gebissen«, stieß Gulo zwischen zusammengebissenen Zähnen hervor.

»Der …?«

»Der verda… oh weh, ich meine, verzeiht. Nicht verdammt. Gottes Zorn soll mich treffen. Ich wollte nicht fluchen.«

»Schon gut.« Julia von Ebersau winkte ungeduldig ab. »Welcher Biber?«

»Na, den hatte ich gefangen und, na ja, ich dachte … also ich wollte …«

»Er wollte ihn schlachten und braten!«, hörte ich mich sagen.

Julia von Ebersau fuhr herum, und starrte mich an, als würde sie mich jetzt erst bemerken.

»Und du bist …?«

»Simon. Simon Schnirkel, ich mache ein Ferienpraktikum. Sie haben mich vor drei Tagen – «

»Ihr!«

»Ihr?«

»Das heißt, Ihr habt mich vor drei Tagen … auf der Baustelle herumgeführt, ich erinnere mich. Und was soll das bitte heißen, ›schlachten und braten‹? Stimmt das, Bruder Gulo?«

»Na ja … ich fand nur, weil … also ich bin die ewige Grütze leid. Und als mir der Biber in die Falle ging, dachte ich: Hier kommt deine willkommene Abwechslung zum Speiseplan. Und mit Gottes Segen.«

Die Burgherrin sah den Mönch an wie eine strenge Lehrerin den unartigen Schüler: »Bruder! Heute ist Freitag – ein Fastentag für jeden Mönch. Fleisch ist Euch heute nicht erlaubt, das wisst Ihr wohl.«

»Fürwahr, edle Herrin! Heute ist Freitag, ein Fastentag, der Herr sei gepriesen. Fleisch darf ich nicht verzehren, aber Fisch sehr wohl. Und der Biber ist ein Fisch, denn er hat doch Schuppen am Schwanz, wie ein jeder weiß! Die Regeln meines Klosters erlauben darum ausdrücklich, dass wir zur Fastenzeit Biber ver– «

»Wir sind hier aber nicht im Kloster«, unterbrach die Burgherrin den Mönch, der sich noch immer die verletzte Hand hielt, auch wenn er seinen Kängurutanz beendet hatte. »Und auch nicht im Mittelalter. Biber gelten heutzutage landläufig als Säugetiere, und geschützt sind sie obendrein.«

»Aber ich …«

»Du weißt, was ich meine, Gulo!«

Ich wusste auch, was Julia von Ebersau meinte. Wir waren nicht im Mittelalter, nicht wirklich jedenfalls. Das Mittelalter, das war vor 800 Jahren. Wir waren alle hier, um Mittelalter zu spielen. Oder nein, spielen trifft es nicht richtig. Wir waren hier, um Mittelalter zu leben. Die Baustelle am Toten Winkel war ein wissenschaftliches Projekt. Hier wurde eine Burg gebaut, aber mit der Technik und den Werkzeugen vergangener Jahrhunderte. ›Experimentelle Archäologie‹ heißt das. Damit lernen die Forscher eine Menge darüber, wie früher gearbeitet wurde, und können längst vergessenes Wissen wiederentdecken.

Was manchmal eine Weile dauert. Für den Burgbau waren insgesamt 25 Jahre eingeplant. Denn das Wiederentdecken ist in Wahrheit eher eine Art Rumprobieren. Bis es passt. Oder eben nicht.

Zum Beispiel hatte die Burgherrin mich an meinem ersten Tag zum Höhepunkt des Rundgangs auf den Burgturm geführt. Der ragte immerhin schon zehn Meter in die Höhe. Nur die Stufen der Wendeltreppe waren leider so schief wie die Zähne eines Grüffelos. Ich war froh, dass dem Turm das Dach fehlte, sodass ich im Zwielicht wenigstens halbwegs sehen konnte, wo ich hintrat.

Trotzdem bin ich einmal gestolpert und hätte Frau von Ebersau beinahe mit in die Tiefe gerissen, hätte sie nicht beide Hände fest links und rechts an die Wände gepresst, sodass ich von ihrem Körper aufgefangen wurde, wie eine Nudel im Sieb. Wie man im Mittelalter Wendeltreppen baute, das musste auf unserer Baustelle jedenfalls noch besser erforscht werden.

Das alles klingt vielleicht ein bisschen verrückt. Aber für mich ging hier ein Traum in Erfüllung! Ritter, Burgen, die Kreuzzüge, das Leben in den Klöstern? Superspannend! Und als ich davon hörte, dass es bei uns in der Nähe eine echte Burgbaustelle gibt und dass man da im Sommer so etwas wie ein Praktikum machen kann, stand meine Urlaubsplanung fest. Zwei Wochen Ferien am Toten Winkel, alle paar Tage eine andere Station: beim Töpfer, beim Schmied, beim Steinmetz.

»Verzeiht, gute Herrin von Ebersau, ich kann das alles erklären, so wahr mir Gott helfe!« Der Mönch riss mich aus meinen Gedanken.

»Nein danke«, sagte die Bauleiterin unwirsch. »Für so eine Aktion sollte ich dich eigentlich ins Burgverlies stecken. Dein Glück, dass es keines gibt.«

Das stimmte, unsere Burg hatte keinen Kerker. Darüber war ich bei meinem Rundgang am ersten Tag ein bisschen enttäuscht gewesen. Aber ich dachte mir nichts weiter dabei, wahrscheinlich hatte auch im Mittelalter nicht jede Burg ein unterirdisches Verlies.

»Ich bin nur froh«, fuhr Julia von Ebersau fort, »dass das Tier dir noch einmal von der Klinge gesprungen ist. Und jetzt geh, kümmere dich um deine Wunde … ach, nicht mehr nötig, Hilfe naht!«

In dem Moment sah ich eine weitere Gestalt auf uns zueilen. Oder besser: tänzeln. Die Frau war deutlich jünger als die Burgherrin und trug die Haare zu einem komplizierten Kranz geflochten. Sie hatte um den Hals und an dem Gürtel, der ihr bodenlanges, blassblaues Kleid umschlang, allerlei Beutel und Säckchen hängen, die im Takt ihrer Schritte auf und ab hüpften. Ich hatte die Frau noch nie gesehen.

»Deopaste, gut dass Ihr kommt«, begrüßte die Burgherrin sie.

»Ich vernahm Wehklagen, Herrin?« Flöt, flöt. Die Stimme der Frau schien mit ihren Schritten um die Wette zu tänzeln.

»Bruder Gulo wurde gebissen. Von einem Biber. Seht, was ihr für ihn tun könnt in eurer Weisheit.«

»Sehr wohl«, sagte die Paste.

Erst später bekam ich mit, dass ich den Namen falsch verstanden hatte und sie sich »Theophraste« nannte. Und in Wirklichkeit hieß sie sogar nur Tina. Sie hatte sich einen Künstlernamen zugelegt, wie fast alle hier. Nur Julia von Ebersau war echt.

Die Frau in Blassblau war unsere Baderin. Das war früher so eine Art Arzt fürs einfache Volk, das sich keinen richtigen Doktor leisten konnte. Also ungefähr 99,9 Prozent der Menschheit. Genau wie die Bader damals hatte Theophraste keine Ausbildung in Medizin. Allerdings wusste sie sehr viel über mittelalterliche Heilmethoden. Sie griff energisch nach Gulos Handgelenk, senkte den Kopf und blickte prüfend auf die Verletzung.

»Ich werde die Wunde mit einem glühenden Eisen ausbrennen«, sagte sie ernst.

Gulo stieß einen heiseren Schrei aus und riss seine Hand von ihr weg. Theophraste blickte auf, und nun sah ich deutlich, dass sie verschmitzt grinste. »Eine Salbe aus Schafskot wird vielleicht auch genügen«, lächelte sie.

»Nicht nötig«, stieß Gulo hervor. »Geht schon. Ein bisschen desinfizieren, Pflaster drauf, fertig.«

Der Blick der Bauleiterin? Irgendwo zwischen Voldemort und Darth Vader. »Bruder! Solange du hier unser Mönch bist und mir mit irgendwelchen Klosterbräuchen kommst, um einen Biber abstechen zu dürfen, so lange gibst du dich bitte in die Obhut unserer geneigten Baderin. Die wird schon das richtige Mittel finden, deine Wunde zu versorgen. Pflaster? Ich glaube, ich spinne!«

»Edle Dame, Ihr seid zu gut zu mir.« Theophraste machte einen Knicks. Dann wandte sie sich an den blutenden Gottesmann, der entschieden weniger angetan wirkte. »Bruder Gulo, kommt mit mir, wir wollen sehen, wie ich Euer Leiden lindern kann.« Sie nahm den dicken Mönch an der Hand, der unverletzten. Ihre Finger sahen schmal und durchscheinend aus wie die Porzellantassen meiner Oma. Doch dafür zog sie den Mann mit bemerkenswerter Kraft davon, einmal quer über den Bauplatz.

Wir sahen ihnen kurz nach, dann drehte sich Julia von Ebersau zu mir, hob die Augenbrauen und holte Luft, als wolle sie so etwas sagen wie »gute Mitarbeiter sind heute so schwer zu finden«, vielleicht auch »ich mag eigentlich auch keine Grütze«. Aber bevor sie ihren Satz beginnen konnte, hörten wir beide plötzlich ein Geräusch, das so gar nicht an den Toten Winkel passte, wo Hühner gackerten und die Glocke mit dumpfem Schlag zum Essen rief. Ein hohes Surren. Wie unser Pürierstab zu Hause, wenn ich Bananenmilch mache.

Wir blickten beide in die Richtung, aus der das Geräusch kam. Auf dem Waldweg, der nach vielen Kurven und Windungen auf die Straße in Richtung Stadt führte, kamen drei Gestalten zwischen den Bäumen hervor. Die drei schienen über den Boden zu schweben. Dann sah ich, dass jeder von ihnen eine Lenkstange in den Händen hielt, die zu einem fahrbaren Untersatz gehörte: Drei Segways holperten auf dicken Reifen und in flottem Tempo über den aufgeweichten Waldboden. Die Fahrer der Elektromobile: zwei Männer und ein Junge, vielleicht zwei, drei Jahre älter als ich. Er stand betont lässig auf seinem Gefährt und trug einen pechschwarzen Helm, der von Regenwasser glänzte.

Die Bauleiterin ließ die ganze Luft wieder raus. »Oh Mann, die Rottens. Das hat mir jetzt gerade noch gefehlt.«

3. KAPITEL
DIE BRAUSEBRÜDER

FREITAG, 5. JULI, AM FRÜHEN ABEND

»Was ist hier los?«, fragte einer der beiden Männer barsch. Sie ähnelten sich wie Klonkrieger in Regenjacken. »Wir sind zwei Wochen im Urlaub, und hier säuft die ganze Baustelle ab?« Er klang ungehalten.

»Absaufen, genau«, meldete sich der andere zu Wort, wobei die Nordic-Walking-Stöcke, die ihm mit Schlaufen an den Handgelenken hingen, metallisch klimperten. Wozu er beim Segway-Fahren Wanderstöcke brauchte, leuchtete mir nicht ganz ein. »Das trifft es genau, das hätte ich jetzt nicht besser sagen können. Und eines möchte ich hier auch gleich klarstellen, aber das ist jetzt vielleicht für Sie gar nicht so interessant, Frau von Ebersau, jedenfalls war das heute das letzte Mal, dass ich mit diesem Elektrodingsbums anreise. Der Waldweg ist ja so gut wie unpassierbar geworden. Wie sagt man so schön? Steter Tropfen höhlt die Forststraßen, nicht wahr? Aber ich bin kein Schlammcatcher und – «

»Meine Herren, machen Sie sich keine Sorgen um unser Vorhaben.« Julia von Ebersau unterbrach den Redefluss des Mannes. Sein Glück, sonst wäre der wahrscheinlich nie zum Luft holen gekommen. »Die Steinfundamente können einiges aushalten. Schwierigkeiten haben wir momentan nur in der Tongrube, die vollgelaufen ist. Und mit der Stimmung im Team, klar. Aber der Regen kann ja nicht ewig andauern. Außerdem hat unser Töpfer gerade gestern die erste Ladung Rohre gebrannt. Ab morgen fangen wir an, damit ein Abflusssystem zu bauen!«

Ich war der Burgherrin einfach hinterhergedackelt. Nachdem sie die Gestalten erkannt hatte, hatte sie sich das Wams glatt gestrichen, das Schwert gerichtet und war den dreien festen Schrittes entgegengelaufen.

Die Rottens. Natürlich kannte ich den Namen. Rotten – so hieß ja meine Lieblings-Limonade. Also, nicht einfach »Rotten«, sondern »Rotten-Limo«. Am besten fand ich den Raubritter-Trunk mit Johannisbeergeschmack. Die Werbeplakate dafür hingen an dem Wildzaun aus Weidengeflecht, der das Baugelände umgab: »Toter Winkel: Das Mittelalter – erweckt von Rotten-Limo!« Und jeden Tag, wenn die Glocke den Feierabend einläutete, wurde Limo satt herumgereicht. Dann durften wir uns sozusagen eine kleine Pause vom Mittelalter gönnen.

Die Bosse der Firma, die das ganze Projekt hier mit ihren Geldspenden am Laufen hielt, hatte ich bisher nur auf den Plakaten gesehen. Von denen grinsten sie als Scherenschnitte herunter, das Ganze war unterschrieben von: »Eure Durstlöscher Cay und Christian«.

Jetzt stand ich den Zwillingen zum ersten Mal gegenüber. Beide trugen das Haar fast schulterlang und waren stoppelig unrasiert. In ihren groben Jacken und derben Schuhen sahen sie beneidenswert wetterfest aus. So stellte ich mir Förster oder Jäger vor. Allerdings schienen mir die Klamotten nagelneu zu sein. Ich fragte mich, ob die Rottens sie extra für diesen Besuch gekauft hatten. Irgendwie kamen sie mir verkleidet vor. Was auch nicht recht passte: Ihre Fingernägel schimmerten, als seien sie gerade im Kosmetikstudio poliert worden. Überhaupt sahen ihre Hände aus, als würden sie hauptsächlich zum Verträgeunterschreiben und Geldzählen benutzt. Gewiss nicht fürs Holzhacken, Wildschweinehäuten oder gar Burgbauen.

Äußerlich ähnelten sich die Rottenbrüder, wie gesagt, sehr. Zwillinge eben. Doch wie ich bald feststellen sollte, konnte man sie gut auseinanderhalten – sobald sie den Mund aufmachten. Christian quatschte, Cay machte keine Umschweife. Der brachte alles sofort auf den Punkt. Christian mehr so: Komma, Komma, Komma.

Und dann war da der Dritte im Bunde. Der Junge, der von seinem Elektromobil noch immer nicht abgestiegen war. Wahrscheinlich, um sich seine blitzsauberen, knallbunten und wahrscheinlich auch ziemlich teuren Sneaker nicht einzusauen. Er spielte betont gelangweilt auf seinem Handy herum und sah nur ab und zu auf, um einen unmissverständlichen Blick über seine Umwelt und Mitmenschen schweifen zu lassen. Der Blick sagte: »Oh Gott, so etwas Peinliches habe ich noch nie gesehen!«

»Wir drücken Ihnen die Daumen«, unterbrach Cay Rotten meine Gedanken. »Und uns. Jede Verzögerung kostet schließlich Geld. Unser Geld.«

»Und wie Sie ja wissen«, meldete sich Christian, »soll in wenigen Wochen die Baustelle für das Publikum öffnen. Tolle Sache, aber wie soll das gehen? Sollen die Besucher etwa schwimmen? Tja, wie sagt man so schön? Das Wasser steht uns bis zum Halse! An den Burgturm kommt man bald nur noch per Boot, wenn ich das richtig beobachtet habe.«

Das war zwar etwas übertrieben, aber tatsächlich war die Baustelle regelrecht überflutet.

»Wie gesagt«, erwiderte die Bauleiterin unbeeindruckt. »Es gibt keinen Grund zur Sorge, wir haben das hier im Griff. Der Plan für die Rohre ist ausgearbeitet, das Wasser wird zum Fluss abgeleitet.«

Christian Rotten pfriemelte umständlich seine Hände aus den Schlaufen der Walking-Stöcke, die er nun etwas halbherzig in den Schlamm stieß. »Nun, liebe Frau von Ebersau, ich hoffe, Sie wissen, was Sie tun, denn ich ...«

Er brach mitten im Satz ab. »Bitte nicht!«, stöhnte er und starrte an Julia von Ebersau vorbei. Ich drehte mich um.

Aus der Ferne stakste langbeinig ein Mann in Leggings heran. Truschel von Nachtigall, unser Barde und Bänkelsänger. Außerdem mein Praktikumsbetreuer. Wie immer schleppte er einen Holzschemel mit. Seine Laute, eine Art mittelalterliche Gitarre, baumelte an einem Gurt um seinen Hals, und bei jedem Schritt schepperten die verstimmten Saiten. Er steuerte direkt auf uns zu.

»Frau von Ebersau«, räusperte sich Christian Rotten. »Das Instrument Ihres Sängers. Hat sich das eigentlich mal ein Fachmann angesehen? Ich erinnere mich, beim letzten Mal gab es große Probleme mit der Intonation. Die, äh ... Musik klang außergewöhnlich schief.«

»Da kann man leider im Moment wenig machen, das ist wetterbedingt«, sagte die Bauleiterin. »Mit dem vielen Regen quillt das Holz auf, und die Saiten verziehen sich schneller als man ›Burgbaustelle‹ sagen kann.«

Rotten fummelte sich hektisch seine Stöcke wieder an die Handgelenke.

»Wir sind wirklich sehr in Eile. Frau von Ebersau, wir sollten bitte rasch unsere Besprechung beenden, bevor die Darbietung beginnt!«, sagte er.

Aber da hatte Truschel uns schon erreicht. Er stellte seinen Schemel ab und stieg hinauf, wobei das Teil mit einem Glucksen um einige Zentimeter in den Matsch einsank.

Christian Rotten versuchte noch einmal, ihn zu stoppen: »Ähem, entschuldigen Sie bitte, Herr Barde, wir haben hier eine wichtige dienstliche Besprechung. Wir müssen darum ihren Vortrag aus organisatorischen Gründen für einige Minuten zurückstellen.«

Aber Truschel ignorierte ihn. Mit einer geübten Handbewegung strich er sich die langen, welligen Haare aus dem Gesicht und schlug einen Akkord. Oder eher: einen blechernen Missklang. Der Sänger hüstelte theatralisch, dann holte er tief Luft. »Miiiiiiie!«, knödelte es fiepsig aus seiner Kehle. Er räusperte sich erneut, und sang, nun etwas lauter, »Mimimimimi!«.

Christian Rotten seufzte leise. »Also gut, beginnen Sie einfach. Bringen wir es hinter uns.«

Truschel nickte ihm zu und stimmte mit dünner Tenorstimme sein Abendlied an:

Hört ihr Leute, lasst euch sagen:
Die Uhr hat sechsmal nun geschlagen!
Akkordwechsel.
Der Hunger soll euch nicht mehr plagen,
Füllt Hirsegrütze erst den Magen.

Truschel blickte zu uns hinunter, als erwarte er Applaus für seine Darbietung.

»Sehr hübsch«, presste Christian Rotten hervor. »Immerhin ein recht kurzes Werk.«

Der Barde verneigte sich lächelnd, schnappte seinen Schemel und ging davon.

»Was ist jetzt mit dem Wasser?«, wollte Cay Rotten wissen.

Julia von Ebersau verzog das Gesicht zu einem gezwungenen Lächeln. »Kommen Sie mit, ich zeige Ihnen gern die Pläne für unsere Entwässerung.«

»Nicht nötig«, sagte Christian Rotten. »Schicken Sie uns die Pläne doch bitte per Mail. Wir sollten zurückfahren, bevor die Strecke hier komplett unpassierbar wird. Ich hatte ja noch eine Runde Nordic Walking im Wald machen wollen, aber das muss heute wohl ausfallen. Bei dieser Witterung!«

»Per Mail geht nicht«, sagte die Bauleiterin trocken.

»Wieso?«, fragte Christian Rotten verdutzt. Ich musste grinsen. Natürlich wusste ich, was gleich kommen würde. Der Junge mit dem schwarzen Helm offensichtlich auch.

»Mann, Paps!«, stöhnte er und sah genervt von seinem Telefon auf.

»Die leben hier doch in der Vergangenheit. Kein Strom, kein Computer, keine Mails!«

Papa Rotten brauchte eine Sekunde. Dann bellte er ein gekünsteltes Lachen hervor: »Hahaha! Gut mitgedacht, Collie.«

Collie? Der Arme. Man musste gar nicht Mittelalter spielen, auch in der Gegenwart gab es echt beknackte Namen. Aber ganz so schlimm war er dann gar nicht.

»Stimmt genau, Colin«, sagte Julia von Ebersau zu dem Jungen gewandt. »Aber«, fuhr sie fort, nachdem sie sich verschwörerisch umgesehen hatte, »wenn keiner zusieht, kannst du bei Gelegenheit einfach ein Handyfoto von den Plänen machen, okay?«

Der Collie/Colin nickte und steckte sein Telefon weg. Nach einer knappen Verabschiedung wendeten die drei Rottens ihre Fahrzeuge und surrten von dannen, wie sie gekommen waren.

Der Regen wurde wieder kräftiger. Meinen nassen Hosenboden spürte ich kaum noch, ich war inzwischen von oben bis unten durchweicht.

4. KAPITEL
DIE KALTBLÜTER

SAMSTAG, 6. JULI, NACH SONNENAUFGANG

Als ich am nächsten Morgen aufwachte, zog mir ein ungewohnter Geruch in die Nase. Irgendwie verbrannt. Schlaftrunken rollte ich mich von meinem Schaffell und kroch aus dem Zelt. Der Gestank kam aus Richtung des Kräutergartens. Ich schlurfte müde hinüber, um nachzusehen, was los war. Zum Glück hatte der Regen aufgehört.

An dem Garten angekommen, sah ich Theophraste. Sie saß tatsächlich an einem Feuer. Mit einem Stock rührte die Baderin in einem Bottich, der über den Flammen an einem Metallgestänge baumelte. Ich lugte hinein. Darin brodelte ein grauer Brei – der jetzt aus der Nähe so unerträglich miefte, dass ich unwillkürlich einen Schritt zurücksprang.

»Igitt! Was ist das denn?«, fragte ich entsetzt.

»Unwissender Jüngling!«, grinste Theophraste. »Einen Sud aus Asche brau' ich hier. Damit ihr euch wohl reinigen mögt von Schmutz und Mühsal.«

»Hä?!«

»Simon, ich mache Seife.« Theophraste sah mich freundlich an. »Dazu benutze ich Asche und Schweinefett. Hilf mir mal kurz!«

Mit diesen Worten griff sie in einen Sack, der zu ihren Füßen lag. Sie zog ein schwabbeliges, blasses Etwas heraus, das ich nicht gleich erkennen konnte, und streckte es mir hin. Ich wollte gerade nach dem Ding greifen, da sagte sie: »Rohes Bauchwandfett, ganz frisch!« Schnell zog ich meine Hand zurück. Gerade noch rechtzeitig, bevor die Schlachthofreste meine Finger berührten. Ich spürte, wie mein Magen flau wurde.

»Ähem, Theophraste, gute Baderin, haltet ein!«, stammelte ich. »Gern würde ich euch zur Hand gehen, doch muss ich heute dringend ins Badehaus eilen, bevor ich mein Tagwerk verrichte!«

Ich wollte flüchten, doch Theophraste war aufgesprungen. Ich spürte ihren Klammergriff an meinem Arm. »Du willst duschen?« Ihre Stimme klang zuckersüß. »Welch günstiger Zufall! Dann gebe ich dir mein neues Haarwaschmittel mit. Du bist der Erste, der die Tinktur ausprobieren darf.«

So kam es, dass ich den Rückweg antrat mit einer Holzschüssel voll blumig duftendem Schleim in den Händen. Theophraste hatte ihn aus Gerstenspreu, Holzspänen und Veilchenblüten zusammengekocht. Nach der Anwendung klebten meine Haare platt am Kopf. Und ich hoffte, dass niemand den sonderbaren Geruch nach vergorenen Blüten bemerken würde, der nun von mir ausging.

Immerhin, ich war frisch geduscht. Heiße Duschen waren ja eigentlich nicht üblich im Mittelalter. Aber ein paar Schritte abseits von unserer Baustelle ging es am Toten Winkel zu wie auf einem Campingplatz. Hier übernachtete fast das ganze Team. Nur die Bauleiterin fuhr abends immer zurück nach Hause zu ihrer Familie in der Stadt. Wir anderen blieben. Vor den Blicken neugieriger Besucher durch einen weiteren Weidenzaun geschützt, standen unsere Trekkingzelte und moderne Waschhäuschen mit heißen Duschen und Toiletten. Mittelalter ist ja schön und gut – aber halt nicht alles daran. Nachttöpfe auf den Wegen auskippen? Das ging selbst den hartgesottensten unter uns Zeitreisenden zu weit. Und erst recht den Behörden, die aufpassten, dass am Toten Winkel nichts geschah, das heutigen Bauauflagen widersprach: Hinter Bretterstapeln oder Bäumen versteckt standen Feuerlöscher; wer auf Dächer kletterte, musste Helm tragen. Und ich meine keinen mit Visier und Federbusch.

Als ich mir frische Klamotten anzog, hörte ich schon Truschels Morgenlied:

Dämmert von fern über Hügeln der Tag,
Ein jeder sein Morgenbrot einnehmen mag.
Dass erstarkt und gekräftiget durch dieses Mahl,
Niemandem werde sein Tagwerk zur Qual.
Sodass er einstimmt, ob leise, ob laut,
Und voll Freude an unserer Burg weiterbaut.

Ich musste mich beeilen, wenn ich rechtzeitig zum Frühstück kommen wollte. Schnell schlüpfte ich in T-Shirt, Unterhose, Shorts. Darüber eine frische Leinenkutte, die alle modernen Kleidungsstücke verdeckte. Die Füße schob ich in meine mittlerweile dauerklammen, schmutzstarrenden Ledersandalen. Alles in allem sah ich einigermaßen nach Mittelalter aus.

Nach dem Frühstück meldete ich mich zum Dienst bei Meister Götz, unserem Töpfer. Der hatte mit der Bauleiterin einen genauen Plan ausgeheckt, wo auf der Baustelle wir aus den frisch gebrannten Rohren Leitungen legen mussten, damit das Wasser abfließen konnte. Auf die Arbeit freute ich mich schon. Aber dann sagte Götz: »Simmi, wackerer Geselle, bring mir doch den Karren herbei!«

Der Karren war der Stolz unseres Schreiners. Ein Monstrum auf zwei riesigen Holzrädern. An dem Gefährt, so hatte mir Julia von Ebersau bei dem Rundgang am ersten Tag erklärt, hatte der Mann einen ganzen Winter lang herumgetüftelt, gesägt und gefeilt. Erst im Frühling war er fertig gewesen. Der Karren war eine Riesenerleichterung. Endlich ließen sich große Lasten von einem Ort zum anderen transportieren.

Tonrohre zum Beispiel.

Und da begann mein Problem. Denn den Karren »herbeibringen« hieß natürlich: ein Pferd davorspannen.

Ich mag Tiere. Aber es gibt da eine Ausnahme, und zwar eine große: Pferde. Keine Ahnung, ist einfach so. Die Viecher sind mir zu mächtig, zu kräftig, zu schnell. Die Hufe zu klobig, die Zähne zu groß. Echt dumm, dass es auf einer Mittelalterbaustelle ziemlich schwierig ist, ohne sie klarzukommen. Das hätte ich mir früher überlegen sollen. Einerseits.

Andererseits konnte ich froh sein, dass zwei von ihnen bei dem Projekt mitmachten. Die Viecher zogen locker ganze Bäume aus dem

Wald, aus denen die Zimmerleute dann Dachbalken hobelten. Oder sie bewegten eben den Karren. In der Theorie super. In der Praxis wollte Götz jetzt von mir, dass ich eines der Monster auf der Wiese einfing und auf die Baustelle brachte.

So stand ich nun seit einer Viertelstunde an dem Holzgatter, durch das man auf die kleine Koppel gelangte, wo die beiden Tiere grasten. Saladin und Löwenherz, zwei Schwarzwälder Kaltblüter mit braunem Fell, heller Mähne und weißer Blesse über der Nase. 600 Kilo das Stück. Sie sahen friedlich aus. Aber konnte man da so sicher sein? Bestimmt rochen sie meine Furcht. Und warteten bloß darauf, dass ich mich zu nahe heranwagte, um mich dann unter ihren gewaltigen Hufen zu zerstampfen wie Schrott in der Müllpresse.

Okay, ich übertreibe. Trotzdem gelang es mir nicht, den nötigen Mut aufzubringen. Verdammt, was sollte ich bloß tun?

»Willst du auch eine Runde reiten?« Eine Hand schlug mir kräftig auf die Schulter. Ich fuhr erschrocken herum und sah in die flaschengrünen Augen eines Mädchens. Sie war so groß wie ich und strahlte mich an, als wären wir beste Freunde. Dabei war ich sicher, dass wir uns nicht kannten, nicht mal vom Sehen. Denn aufgefallen wäre sie mir. Mit Ausnahme der Bauleiterin und ihren täglich wechselnden Kostümen, rannten wir hier alle in ziemlich grober Garderobe aus Leinen, Wolle und Leder herum. Die Farbpalette reichte von fröhlichem schmutzig-weiß, über knallgrau und beige bis strahlend braun und leuchtend schwarz. Im Ernst, schon Theophrastes hellblaues Kleid wirkte in dieser Umgebung geradezu schrill. Und nun das Mädchen vor mir: Regenjacke in Feuerwehrrot, neongrünes Häkelmützchen, Gummistiefel, gelb wie Postkästen. Sie stach heraus wie ein Fliegenpilz unter Stinkmorcheln.

Sie lachte laut, als sie meinen Blick sah. »Hallo Fremder!«, raunte sie, etwa eine Oktave tiefer als eben noch. »Ich komme aus der Zukunft! Sie ist bunt!« Ich guckte schnell wieder auf die Weide. Wahrscheinlich hatte mein Gesicht dieselbe Farbe angenommen wie ihre Regenjacke.

»Okay, noch mal von vorn. Hallo, ich bin Uzi, wer bist du?« Ich wusste gar nicht, dass es möglich war, aber sie strahlte jetzt sogar noch mehr.

»Uzi ist doch kein Name«, kam meine bescheuerte Antwort, ehe ich mir auf die Zunge beißen konnte.

»Aha, schön. Uziistdochkeinname, nett, dich kennenzulernen.«

»Nein … ich meinte. Ach, entschuldige. Also, ich heiße Simon. Und – «

»Simon ist ein sehr schöner Name.« Uzi nickte eifrig. »Und du hast recht, Uzi ist kein Name. Nur ein Spitzname. Aber findest du Utzgard Chlothilde Eleonore besser?«

Ich muss wohl einfach nur doof geguckt haben, denn Uzi nahm mir die Antwort ab: »Eben. Auch wenn ich damit natürlich super in eure bekloppte Rollenspielerwelt passen würde.« Dabei machte sie mit der Hand eine unbestimmte Bewegung in Richtung Baustelle. »Und damit es hier garantiert keine Verwechslungen gibt, beuge ich vor.« Sie zeigte mit vielsagendem Blick auf ihre Jacke, Mütze und Stiefel.

»Funktioniert, denke ich«, erwiderte ich, diesmal nicht ganz so lahm. Und nach einer kurzen Denkpause: »Aber wenn du es so doof findest, was tust du hier?«

»Wie gesagt: Ich würde gern eine Runde reiten.«

»Aber …«

»Meine Mutter hat nichts dagegen.« Uzi begann am Riegel des Gatters herumzumachen. Jetzt sah ich auch, dass sie in der einen Hand eine Reitkappe hielt.

Ich schluckte. »Warte mal, deine Mutter kann das doch gar nicht entscheiden …«

»Doch, kann sie«, unterbrach mich Uzi und knipste dieses Strahlen in ihren Augen wieder an: »Ach, ich glaube, ich hatte meinen Nachnamen noch gar nicht gesagt. Gestatten, von Ebersau.« Auf -au machte sie einen kleinen Knicks.

Ich machte ein dummes Gesicht.

»Genau, wie die Chefin hier. Entschuldige, die Bauleiterin und hochwohlgeborene Burgherrin. Das ist meine Mutter. Die aber die kompletten Ferien lieber mit Hafergrütze im Matsch verbringt als mit ihrer Tochter. So. Und zum Ausgleich darf ich zu den Pferden, so oft ich will. Schwacher Trost, aber immerhin.«

»Ja, aber warum machst du denn nicht mit? Es ist total spannend hier! Was ich alles schon gelernt habe. Wusstest du, dass Mönche freitags Biber aßen?«

»Nein, wusste ich nicht. Hat mir bisher auch nicht gefehlt in meinem Leben. Wie das alles hier. Wozu soll das denn bitte gut sein, Leben und Arbeiten wie vor 800 Jahren? Pfff … und dann mit 30 sterben, wie man das damals halt gemacht hat? Vielen Dank.«

Ehe ich mich und das Projekt verteidigen konnte, hörte ich von der Baustelle die Glocke schlagen. »Mittagessen«, sagte ich nur.

»Mmmh … lecker Grütze«, kicherte Uzi und strich sich eine rote Haarsträhne aus dem Gesicht, die unter ihrer Mütze hervorgekrochen war.

Ich seufzte: »Für mich sowieso nicht, ehe ich nicht endlich eines dieser blöden Pferde vor den doofen Karren gespannt habe.«

»Und davor drückst du dich hier schon die ganze Zeit, was?« Auch Uzi schien Angst riechen zu können. »Verstehe. Dann ist wohl heute dein Glückstag. Komm mit, ich helfe dir.«

Sie öffnete das Gatter mit einem kräftigen Stoß, als würde sie das nicht zum ersten Mal machen, und zog mich an der Hand auf die Koppel. Ich stolperte etwas zögerlich hinterher. Doch eigentlich war ich schon jetzt heilfroh, das Mädchen getroffen zu haben.

»Du nimmst Saladin, dann kann ich Löwenherz reiten. Gut?«

Ich nickte. Mir war herzlich egal, welchen Gaul Uzi mir zuteilte. Ich konnte die Tiere sowieso nicht auseinanderhalten.

»Hier ist Saladins Zaumzeug«, sagte Uzi und schnappte sich ein Gewirr aus Lederriemen von einem Haken neben dem Gatter. Dann ging sie zielstrebig auf eines der Riesenviecher zu, tätschelte ihm den Hals und sprach leise auf das Tier ein. Ich sah aus respektvollem Abstand zu, wie sie dem braunen Ungeheuer, das offensichtlich Saladin war, die Riemen überzog, die plötzlich gar nicht mehr verwurstelt aussahen. Wie hatte sie das gemacht? Ich war beeindruckt.

Sie drehte sich zu mir um: »Wo ist denn dieser Karren?«

Ich hob den Arm und wies stumm Richtung Baustelle. Uzi nickte und setzte sich in Bewegung, das Tier trottete willig neben ihr her. Ich sah staunend zu, wie der 600 Kilo schwere Klepper dem Mädchen folgte wie ein dressierter Pudel, und schloss das Gatter hinter ihnen.

Wir gingen nebeneinander am Waldrand entlang. Ich hätte gern etwas Kluges gesagt oder etwas Witziges. Aber ich war so damit beschäftigt, Uzi für ihren Mut zu bewundern, dass mir nichts einfiel. Also gingen wir schweigend. Nur Saladins Hufe schmatzten auf dem aufgeweichten Boden, und gelegentlich war ein Schnauben zu hören. Es klang, als hätte das Pferd einen Pressluftbohrer verschluckt. Aber sogar ich wusste, dass das bei Pferden ganz normal ist. Also kein Grund zur Panik. Alles schien gut zu gehen.

Als plötzlich ein surrendes Jaulen die Stille zerriss.

Saladin scheute. Er machte einen heftigen Satz, stieß dabei Uzi ins Gras und nahm im Galopp Reißaus. Während das Pferd davonpreschte, rollte Colin »der Collie« Rotten auf seinem elektrischen Untersatz zwischen den Bäumen hervor. Er fuhr in einigem Abstand an uns vorbei und würdigte uns keines Blickes, vielleicht hatte er uns nicht einmal gesehen. Ich stürzte zu Uzi, aber die stand schon wieder: »Nichts passiert! Los, hinterher!«

Nun ist es ja so: Manches Pferd läuft in der Spitze 70 Stundenkilometer. Okay, ein Kaltblut vielleicht ein bisschen gemächlicher. Es war trotzdem ein ungleicher Wettkampf. Ich bin kein guter Sprinter, erst recht nicht in nassen Sandalen. Und Uzis Gummistiefel blieb gleich in der ersten Kurve im Morast stecken. Aber wir gaben alles. Wir befreiten den Stiefel und schlitterten dann in vollem Tempo knapp an

Truschel und seinem Schemel vorbei. Wir stürmten durch das Tor im Wildzaun mit den Rotten-Limo-Bannern, liefen flussaufwärts in den Wald. Doch dort verlor sich Saladins Spur, er war einfach weg. Japsend blieben wir am Ufer stehen.

Als mein Keuchen abebbte, hörte ich sanft das Wasser plätschern. Vogelgezwitscher. Das Klopfen eines Spechts. Den Wind in den Baumwipfeln. Irgendwie hatten die Sonnenstrahlen sich einen Weg durch die Wolkendecke gepikst und jetzt tauchten sie den Wald in ein warmes, magisches Licht.

Plötzlich stieß Uzi mich an und wies mit einem Kopfnicken in Richtung Flussufer.

Ich folgte ihrem Blick. Und sah: kein Pferd.

Ich blickte Uzi an. Meine Pupillen versuchten, ein Fragezeichen zu formen.

Sie wiederholte das Kopfnicken.

Und dann sah ich es auch. Im Wasser bewegte sich etwas. Ich kniff die Augen zusammen. Biber, eine ganze Sippschaft. Ich zählte vier Stück. Unbeirrt von unserer Gegenwart schwammen sie zwischen dem Uferstreifen und einem Haufen im Wasser herum, der aussah wie ein gigantischer Ameisenhügel aus Ästen, Steinen und Matsch. Emsig ging es hin und her, ich musste an unsere Baustelle denken. Und dann wurde mir klar: Das war auch eine Baustelle! Die Tiere hatten nicht nur dieses Ding errichtet, das offenbar ihr Bau war. Eine Art Damm reichte einmal quer über das Wasser bis zum gegenüberliegenden Ufer. Dicke Äste und Zweige hatten die Tiere dafür herangeschleppt, sogar ein paar beindicke Baumstämme. So etwas hatte ich noch nie gesehen. Die Biber waren im Begriff, damit den gesamten Fluss zu stauen. Erstaunlich!

Wir standen einfach nur da und sahen stumm den Tieren zu, als zwei Dinge zugleich passierten: Aus dem Wasser tauchte ein weiterer Biber auf. Einer mit ganz hellem, beinahe goldenem Fell. Und während ich noch so etwas dachte, wie »na, dich kenne ich doch«, ertönte hinter mir der verschluckte Pressluftbohrer. Gefolgt von einem hellen Quieken: Uzis Freude, dass wir das Pferd wiedergefunden hatten.

Kurz lächelten wir uns an. Uzi strahlend wie das Flutlicht beim Champions-League-Finale. Ich etwas verhaltener, eher so Notbeleuchtung im Fahrradkeller, aber immerhin. Als ich zum Fluss zurückblickte, waren die Biber nicht mehr zu sehen.

Dass Uzi, die Pferdeflüsterin, es dann ganz locker schaffte, Saladin wieder einzufangen und auf die Baustelle zu führen, muss ich wohl kaum erwähnen.

Sie half mir, das Pferd zu putzen und anzuschirren. Dann zog sie einen Apfel aus ihrer Regenjacke hervor und verfütterte ihn dem Riesenvieh auf der flachen Hand. Ich hätte fast vor Schreck geschrien, denn ich war sicher, das Tier würde ihre Finger zwischen seinen Zähnen zermalmen. Aber Uzi grinste nur: »Saladin ist ziemlich verfressen.«

Nicht nur mit ihm, auch mit dem riesigen mittelalterlichen Karren kam Uzi locker klar. Sie wurstelte alle Bänder, Riemen, Ösen und Stricke an den richtigen Platz und führte Pferd samt Wagen zu Meister Götz. Dort verabschiedete sie sich eilig, schließlich wollte sie endlich ausreiten. Ich sah ihr nach, als sie mit großen Schritten quer durch die Pfützen der Baustelle stapfte. Dieses Mädchen war wirklich cool. Uzi war wie aus dem Nichts aufgetaucht und hatte mich ohne viel Aufhebens gerettet. Ich dachte an ihre Augen. Hatte ich schon mal so wunderschön grüne Augen gesehen wie ihre?

»Ein tüchtig' Mägdelein!«, sagte Meister Götz. Ich zuckte zusammen. Hatte er etwa bemerkt, wie ich Uzi hinterhergestarrt hatte? Wie peinlich!

Wenig später lud ich mit ihm die ersten Tonrohre auf, während der angeschirrte Saladin geduldig wartete und sich dann auch willig von Götz führen ließ. Der Töpfer lenkte den Karren Richtung Burgturm. Denn der stand an der tiefsten Stelle des Bauplatzes, und dort wollten wir mit dem Verlegen der Rohre beginnen. Es war unglaublich matschig hier, Saladin hatte sichtlich Mühe. Er kämpfte sich durch den Morast auf den Turm zu, doch seine Schritte wurden immer kürzer und langsamer. Sein Schnaufen klang immer heftiger. Bis mit einem Mal nichts mehr ging und der Wagen feststeckte. Schluss, Aus, Abpfiff, das Gefährt ließ sich keinen Millimeter mehr bewegen. Keine Chance!

»Keine Chance«, stöhnte Götz. »Gnade uns, welch verfluchter Sumpf!« Er ließ die Zügel los, stellte sich neben das linke Wagenrad und musterte es missmutig.

Plötzlich lächelte er. »Schau mal, Simmi, wie ein Zifferblatt!«, sagte er und wies auf das Rad. »Genau zwölf Speichen.« Götz fuhr mit der Hand über jede einzelne von ihnen. »Sieben Uhr steht schon komplett unter Wasser«, sagte er.

»Meister Götz, Ihr habt soeben das Pegelmessgerät erfunden«, grinste ich. »Die Flut steht auf halb acht.«

Götz musste lachen: »Stimmt, aber ein Stock zum Messen hätte es eigentlich auch getan.« Der Töpfer begutachtete noch einmal mit prüfendem Blick den festgefahrenen Karren. »Tja, den lassen wir jetzt erst mal so stehen, würde ich sagen.«

»Und die Rohre?«, fragte ich.

»Und die Rohre auch.« Meister Götz blickte zum Turm hinüber. Dann zuckte er mit den Schultern. »Habe jedenfalls keine große Lust, die jetzt dort rüberzuschleppen. Das machen wir irgendwann später, und auch nur, wenn uns jemand hilft.« Er klopfte dem Pferd den Hals, Saladins Atem ging wieder ruhiger. »Ist nicht deine Schuld. Du hast getan, was du konntest.«

Götz musste wohl bemerkt haben, wie unbegabt ich als Stallbursche war. Denn er schirrte Saladin selbst ab und brachte ihn zurück auf die Koppel.

5. KAPITEL
DAS THERMOMETER

SAMSTAG, 6. JULI, UM DIE MITTAGSZEIT

Auf dem Weg zum Mittagessen hätte mich dann fast Theophraste umgerannt. Diesmal tänzelte sie nicht, sie raste eher wie ein wilder Eber Richtung Backhaus. Die Säckchen am Gürtel hüpften noch heftiger hin und her als gestern Abend, und aus der Flechtfrisur begannen sich die Strähnen zu lösen. »Größte Not!«, keuchte sie.

Ein Notfall im Backhaus? Ich spurtete hinterher.

Das Backhaus war eigentlich kein richtiges Haus, sondern nur ein Lehmofen, groß wie ein Iglu, über dem ein spitzes Dach aus Holzschindeln aufragte. In dem Ofen buk gerade unsere Mittagsration an frischem Brot.

Als ich die Heilerin eingeholt hatte, stand sie an der offenen Ofenluke und redete auf Ambrosius, unseren Bäcker, ein. Er sah putzmunter und gesund aus, und ich fragte mich, wo hier eigentlich der Notfall vorlag.

Theophraste hob beschwörend die Hände. Sie zeigte auf ein Holzbrett, das ein paar Schritte entfernt auf einem Tisch lag. Darauf ruhte ein riesiger Laib aus Teig.

»Ambrosius, guter Bäckermeister, hilf! Bruder Gulo ist in größter Not! Er braucht ein Klümpchen deines Weizenteiges!«

»Ungebacken?! Kommt nicht in die Tüte, das ist ungesund!«, erwiderte Ambrosius heftig.

»Sei gnädig!«, rief Theophraste. »Ein Quäntchen braucht er nur!«

»Ich weiß, dass der Typ immer Hunger hat! Aber er soll gefälligst warten, bis die Essensglocke schlägt, so wie alle anderen auch!«

»Nicht nach einer Speise gelüstet ihm! Gulo ist erkrankt, und mit dem Teig will ich ihn heilen.«

Der Bäcker sah Theophraste verdutzt an. »Gulo krank? Was hat er denn?«

»Biberbiss«, dachte ich, und musste ein wenig schadenfroh grinsen.

Aber Theophraste sagte: »Ein Fieber martert ihn.«

Das war mir neu. Fieber, nicht Biber.

»Soso,« brummte der Bäcker. »Schlimm?«

»Er leidet.«

»Und seine Körpertemperatur ist wie hoch?«

»Äh …« Theophraste zuckte mit den Schultern. Klar, woher sollte sie das wissen? Eine mittelalterliche Baderin hatte wohl kein Fieberthermometer.

Ambrosius schüttelte den Kopf. »Pff … also, meinetwegen, wenn es hilft. Ich bin ja kein Unmensch.« Er zupfte eine Handvoll Teig von dem rohen Laib ab und drückte den Klumpen Theophraste in die Hand.

»Danke!«, stieß sie hervor.

»Und was machst du jetzt damit?«, fragte der Bäcker. Aber da war die Baderin schon, so schnell sie konnte, davongeeilt. Meine Neugierde war geweckt, also lief ich ihr hinterher.

Bruder Gulo sah wirklich nicht ganz fit aus. Er lag im rot-weiß karierten Schlafanzug auf einem Schaffell vor seinem Zelt und schnaufte bedenklich. Mir war nicht klar, ob er seine Umgebung überhaupt wahrnahm, denn er hielt die Augen geschlossen.

»Und jetzt?«, fragte ich Theophraste.

»Nun werde ich ihn heilen«, sagte sie. Aber so ganz überzeugt klang sie nicht dabei.

Sie öffnete einen der Beutel an ihrem Gürtel und fummelte einen grünen Stein hervor. Ungläubig sah ich zu, wie sie den Brotteig um den Stein herum festdrückte, das Ganze in ein Tuch wickelte und das kleine Bündel Gulo auf dem Bauch festband.

»Die heilige Hildegard von Bingen beschreibt diese Methode gegen brennendes Fieber. In drei Tagen wird Gulo geheilt sein.«

»Äh, und woher weißt du das?«

»Internet«, sagte Theophraste. »hildegardvonbingen.com«

Hildegard von Bingen kannte ich. Die hat es wirklich gegeben. Sie hat im 12. Jahrhundert gelebt und war eine ziemlich kluge Nonne. Sie kannte sich gut aus mit Kräutern, Heilsteinen, Wurzeln, und was man im Mittelalter sonst noch so als Medizin benutzte. Sie hat ganze Lehrbücher darüber verfasst.

Vielleicht hätte es mit der wundersamen Brotteig-Heilung auch geklappt, wenn wir nur in aller Ruhe die drei Tage abgewartet hätten, die Hildegard für die Genesung veranschlagt hatte. Aber Gulos Zustand sah besorgniserregend aus. Und als Julia von Ebersau nach dem

Frühstück hörte, wie es um ihn stand, holte sie von wo auch immer einen Erste-Hilfe-Koffer mit digitalem Ohr-Thermometer. Gulos Körpertemperatur lag jenseits der 40 Grad.

»Der muss sofort zum Arzt«, befand die Bauleiterin. Sie hockte neben dem blassen Mönch, wobei sie sehr darauf achtete, dass der kunstvoll bestickte Saum ihres senfgelben Gewandes nicht den nassen Boden berührte.

Mittlerweile hatte sich ein Grüppchen Schaulustiger um Gulos Schaffell versammelt. Ich erkannte Götz, unseren Töpfer, einige Steinmetze und Truschel, den Sänger.

»Heute ist Samstag«, wandte dieser ein, »hat denn da überhaupt ein Arzt Sprechstunde?«

»Gut gesprochen, Truschel«, sagte die Bauleiterin nachdenklich. »Ich fahre ihn ins Krankenhaus. Kommt mal alle mit, bitte.«

Der Parkplatz der Burgbaustelle lag mehr als einen Kilometer vom Eingang des Geländes entfernt. Schließlich hatten Blechkolonnen und Benzingeruch in unserer Welt nichts zu suchen. Es war ein langer Fußmarsch dorthin.

Offenbar zu lang für die Bauleiterin. Sie führte uns nur ein paar Schritte in den Wald. Dort, sorgfältig unter Reisig und Zweigen versteckt, stand ihr Geländewagen. Während wir ihn von seiner Tarnung befreiten, wankte Gulo auf Theophrastes Schulter gestützt heran. Er ließ sich auf den Rücksitz fallen.

»Was hat der eigentlich?«, fragte Götz leise.

»Sieht aus wie Grippe. Oder Blutvergiftung. Der ist gestern vom Biber gebissen worden«, raunte Truschel.

Als Julia von Ebersau mit dem Patienten in Richtung Stadt davonbrauste, setzte der Regen wieder ein.

Am Abend war ich zu aufgedreht, um gleich schlafen zu gehen. Ich musste irgendwie immer an das rothaarige Mädchen mit den grünen Augen denken. Uzi. Sie war mutig, viel mutiger als ich. Und lustig. Ich fragte mich, ob sie vielleicht in diesem Moment auch an mich dachte. Aber wieso sollte sie? Und warum schaffte ich es nicht, meine Gedanken von ihr loszureißen? Es war sehr verwirrend.

Statt wie sonst gegen neun Uhr in meinem Zelt zu verschwinden, spazierte ich also noch eine Runde im Nieselregen auf der einsamen Baustelle herum. Vielleicht würde ich so ein bisschen zur Ruhe kommen.

Schließlich erreichte ich die Schmiede. Das war ein auffälliger Bau: Von hinten sah er aus wie ein sehr steiler Hügel. Das Dach reichte hier bis zum Boden hinunter und war von einer Schicht Erde bedeckt, auf der dichte Grasbüschel wuchsen. An den übrigen drei Seiten war die Schmiede dagegen offen, ohne Wände. Nur ein paar massige Stützbalken hielten alles am Platz.

Ich hockte mich ins Trockene unter das grasbewachsene Dach. Das Feuer in der Esse war für heute längst erloschen, nur ein Rest von Glut strahlte noch eine leichte Wärme aus.

Ich hatte freie Sicht auf unsere Burg. Die Baustelle, auf der sonst Maurer, Mörtelmacher, Seiler und Steinmetze herumwuselten, lag leer und verlassen da. Während ich so saß und dem Ameisenkribbeln in meinem Bauch nachfühlte, sah ich im Dämmerlicht, wie jemand auf den Burgturm zuging. Er war ziemlich weit weg, sodass ich sein Gesicht nicht erkennen konnte. Wohl aber die Nordic-Walking-Stöcke, die ihm von den Handgelenken baumelten. Ich kannte nur eine Person, die hier solche Alustangen mit sich herumschleppte: Christian Rotten. Holte er seine Walking-Tour nach, die gestern ins Wasser gefallen war? So wie er dort hinten gerade rumschlenderte, sah es allerdings nicht sehr sportlich aus. Und so oder so: Im Nieselregen? Auf unserer Baustelle? An der allermatschigsten Stelle?

Der Mann ging ein paar Schritte, wurde langsamer, hielt inne und stieß beide Stöcke in den Boden. Er bückte sich, zog die Stöcke wieder aus dem Matsch und ging weiter. Als Nächstes stapfte er auf den Pferdekarren zu, der noch immer vollbeladen im Schlamm feststeckte. Als er ihn erreicht hatte, blieb er wieder stehen. Dann machte er eine sonderbare Verrenkung. Offenbar versuchte er, einen Stock genau unter der Achse des Wagens in den Boden zu rammen. Nein, mit Sport hatte das ganz sicher nichts zu tun. Aber womit dann?

Diese Frage stellte ich mir in jenem Moment leider nicht. Denn plötzlich hörte ich verdächtig nah das Surren eines Elektromotors. Der Sound kam mir mittlerweile bekannt vor, und ich dachte sofort an Colin Rottens Segway. Was mich allerdings beunruhigte, war, dass das Geräusch von oben kam. Konnte das Ding etwa fliegen? Ich trat unter dem Dach hervor und sah mich um. Dann sah ich Colin Rotten. Über mir.

»Mann, komm da runter!«, rief ich mit Panik in der Stimme. Der Collie war drauf und dran, mit seinem Segway das Dach der Schmiede zu erklimmen. Der Motor gurgelte angestrengt, während das Gefährt sich zentimeterweise bergauf vorarbeitete. Ob Colin wusste, wo er sich befand?

»Bleib mal locker, ich will nur mal diese coole Schanze checken«, kam es von oben.

»Das ist keine Schanze. Das ist das Dach unserer Schmiede, und es kracht vermutlich gleich unter dir zusammen.«

»Ups.« Colin drehte den Kopf zu mir. Im Halbdunkel konnte ich seinen Gesichtsausdruck nicht erkennen, aber ich nehme an, dass er verdutzt aussah. Colin wechselte ohne ein weiteres Wort die Fahrtrichtung und glitt im Rückwärtsgang vorsichtig Richtung Erdboden. Er schien sein Gefährt wirklich gut zu beherrschen, denn er schaffte das Manöver ohne Zwischenfälle.

Der Rottensohn kam genau vor mir zum Stehen und sagte: »Woher soll ich denn wissen, dass das ein Dach sein soll? Sieht eher aus wie eine Schafweide!«

»Die ›Weide‹ ist eine Brandschutzmaßnahme«, erklärte ich trocken. »Das Gebälk darunter ist ja aus Holz, aber durch das Grünzeug bleibt es immer einigermaßen feucht und fängt nicht so leicht Feuer. Manchmal fliegen hier ziemlich viele Funken, wenn der Schmied in Aktion ist. Schlau, oder?«

»Hm«, machte Colin unbeeindruckt.

In dem Moment hörte ich Schritte. Christian Rotten kam mit schwingenden Walking-Stöcken auf uns zu. »Collie, da bist du ja! Komm, wir gehen.«

Ohne Gruß wendete Colin sein Gefährt und surrte an der Seite seines Vaters Richtung Besucherparkplatz. Ich hatte den Typ vor dem

Absturz bewahrt, da hätte alles Mögliche passieren können. Und er sagte nicht mal ›Tschüss‹. Toll.

Ich merkte plötzlich, wie müde ich war. Erschöpft ging ich in mein Zelt, um zu schlafen.

6. KAPITEL
DER SUPERBARDE

SONNTAG, 7. JULI, AM MORGEN

Es war einmal ein Gottesmann,
Der sah den Speiseplan sich an.
Es sollte wieder Grütze geben,
Da sagte er sich: »Nie im Leben!«
Er wollte Biber essen,
Doch hatte er vergessen
Des Bibers großen Schneidezahn –
Prompt nagt das Tier ihn an, den Mann!
Nun darbt der Gulo im Spital,
Erlebt dort schlimme Marterqual.
Und die Moral von der Geschicht':
Verschmähe uns're Grütze nicht!

Am nächsten Morgen stand ich auf Truschels Schemel. Es regnete ausnahmsweise nicht, aber das war mir gerade ziemlich egal. Denn ich sollte singen. Ich sah den Barden unsicher an.

»Ja, schon ganz gut«, urteilte Truschel. Es sollte sicher aufmunternd klingen. »Aber jetzt noch einmal lauter, mit mehr Herzblut!« Truschel schlug einen Akkord auf seiner Laute und zählte den Takt vor: »Eins, zwei, drei, vier!«

Ich begann mein Lied von vorn: »Es war einmal ein Gottesmann …«

Heute war der Bänkelsänger mein Lehrmeister, so sah es das Programm des Ferienpraktikums vor. Schon während des Frühstücks hatte Truschel mir einen Vortrag über seine Rolle auf der Baustelle gehalten: Seine Lieder sollten unterhalten, aber auch informieren. So wie das üblich war in der Zeit, bevor es Fernsehen, Zeitungen oder Internet gab. Eine Kostprobe bekam ich gleich dazu, sozusagen die Meldung des Tages:

Habt unseren Karren ihr gesehen?
Blieb im tiefen Schlamme stehen,
Dort steckt er nun wie eingemauert.
Den Töpfer darum all' bedauert:
Wie Christ sein Kreuz muss er die Rohr'
Nun schultern bis zur Burge Tor!

Apropos Karren: Nach dem Zähneputzen – ja, mit echter Zahncreme aus der Zukunft – war es mir gerade noch geglückt, kurz einen Blick auf das neue Pegelmessgerät zu werfen. Der Karren steckte ja noch immer am gleichen Ort fest. Das Wasser hingegen war gestiegen. Es stand jetzt etwa auf Viertel vor acht.

Dann hatte mich Truschel erblickt, und ich war dran gewesen. »Mach ein Gedicht über etwas, das dir wichtig ist, daraus wird dann dein Lied«, hatte er verlangt. »Also, was beschäftigt dich zurzeit?«

Was mich beschäftigte?

»Uzi – i-i-ich meine – U-u-äh-uh…« Megapeinlich. Mir war einfach Uzis Name rausgerutscht. Seit unserer Begegnung gestern auf der Pferdekoppel sah ich ständig ihr Gesicht vor mir. Die Erinnerung an ihre grünen Augen verfolgte mich regelrecht. Das Ganze wurde mir langsam lästig. Und jetzt war ich wegen ihr auch noch drauf und dran, mich vor unserem Barden zu blamieren.

»Uh?«, hatte der gefragt und aufmunternd gelächelt.

»Uh-unter Umständen«, hatte ich gestammelt und versucht, die Gedanken an Uzi wegzuschieben, »unter Umständen … vielleicht die Sache mit Gulo?«

»Ein tolles Thema!« Truschel war ganz aus dem Häuschen. »Hier, leg los«, sagte er, und drückte mir eine kleine schwarze Platte in die Hand, ungefähr so groß wie ein Notizblock. Ich berührte das Teil mit den Fingerspitzen. Es war klebrig, und das Schwarz sah irgendwie schmutzig aus. Mir fiel auf, dass das Ding nach Honig duftete. Was sollte ich damit?

»Ähm«, machte ich ratlos.

»Ach, entschuldige Simon! Das Wichtigste fehlt ja noch. Moment.« Truschel kramte in seinem Beutel und streckte mir dann ein hölzernes Stäbchen hin.

»Zahnstocher?«, fragte ich.

Der Barde prustete los. »Zahnstocher, du bist gut! Das ist ein Griffel!«, rief er. »Oh Jüngling! Ist dir denn nicht vertraut die Kunst des Schreibens?«

»Eigentlich schon, ähm, werter Barde. Doch in meiner Heimat ist es der Brauch, dafür Papier und Kuli zu benutzen.«

Truschel schüttelte bedauernd den Kopf. »Papier ist bei uns im Mittelalter sehr selten. Und sehr teuer. Darum nimmst du heute diese Wachstafel.«

Sie war tatsächlich aus Bienenwachs, daher der Geruch. Allerdings hatte man Asche untergemischt, damit das Geschriebene besser zu sehen war. Mit der Spitze meines Griffels machte ich mich daran, Wörter einzuritzen. Das Ende des Schreibgeräts war flach, damit konnte ich meinen Text wieder glatt streichen, wenn er mir nicht gefiel. Das funktionierte wie ein Tintenkiller.

Eine Viertelstunde später hatte ich meinen Zwölfzeiler über den Gottesmann und unseren Speiseplan ins Wachs gekratzt. Seitdem übte ich den Vortrag.

Ich hatte noch nie Freude daran, eine Show abzuziehen. Ich bin keine Rampensau, ist nicht mein Ding. Aber Truschel glaubte aus irgendeinem Grund, ich hätte das Zeug zum Superbarden. »Komm, jeder kann singen. Auch du!«, behauptete er, als ich widerwillig seinen Schemel erklomm. Das war natürlich ein Irrtum. Jeder kann singen – außer Simon Schnirkel. Aber ich wollte mich nicht mit Truschel streiten. Er hatte sich vorgenommen, die halbe Unze Bühnentalent aus mir herauszukitzeln, die er in meinem innersten Inneren vermutete. Er meinte es nur gut, aber ich quälte mich. Um die Tortur zu beenden, versuchte ich, seinen Anweisungen möglichst genau zu folgen. Also sang ich, so laut ich konnte. Und als er dazwischenrief: »Gestik! Mehr Gefühl bei der Grütze!«, baute ich sogar ein paar ausladende Handbewegungen ein. Zum Glück fand unsere Probe etwas abseits der Baustelle statt, sodass mich keiner sehen oder hören konnte.

Dachte ich.

Kaum hatte ich aus vollem Halse die Moral meiner Geschicht' herausgegrölt, vernahm ich heftigen Applaus. Ich drehte mich um und sah, nur wenige Schritte von mir entfernt, Utzgard Eleonore Chlothilde von Ebersau mit ihrem neongrünen Häkelkäppi. Sie klatschte Beifall und grinste breit dazu. Ihre Augen waren noch grüner als in meiner Erinnerung.

»Krasse Nummer!«, kicherte sie.

»Das finde ich auch, Utzgard!«, pflichtete Truschel ihr bei. Offenbar kannte er sie. Kein Wunder, er hatte von Anfang an zum Team ihrer Mutter gehört. Uzis Ironie war ihm offenbar entgangen. »Simon ist äußerst begabt, das ist ein ganz starker Text!«

Peinlich.

Und es kam noch schlimmer.

Truschel fuhr fort: »Ihr beiden, ich muss mal schnell in mein Zelt, mein Aufnahmegerät holen.«

»Wie jetzt, Aufnahmegerät?!«, rief Uzi. »Wo bleibt die Ritterehre, werter Sänger?«

»Wie recht du hast, holde Magd! Aber die Kunst geht vor. Ich hatte noch nie einen Praktikanten, der in so kurzer Zeit ein Werk vollendet hat. Das muss ich für die Nachwelt konservieren.« Er eilte durch den matschigen Boden davon. Ich sah zu der »holden Magd«. Und mein Herz klopfte.

»Themenwechsel. Heute schon ausgeritten?«, fragte Uzi.

Ich musste lachen. Doch bevor ich irgendetwas antworten konnte, hörte ich ein vertrautes Surren. Und ich sah, wie das Geräusch Uzis Aufmerksamkeit von mir weg und zu dem nahen Waldweg hinzog. Mein Puls normalisierte sich.

Dort rollte der Collie auf seinem Segway heran. Er steuerte direkt auf uns zu und kam unmittelbar vor Uzi zum Stehen. »Hi Uzi«, sagte er und zog sich den Helm vom Kopf. Zum ersten Mal hatte ich freien Blick auf seine Frisur. Sein Haar war pechschwarz gefärbt, nur die Spitzen leuchteten knallblond. Er zupfte sich die vom Helm platt gedrückten Strähnen mit ein paar gekonnten Handgriffen zurecht, bis sie büschelweise in alle Richtungen abstanden. Stachelschwein, dachte ich.

Ich hätte es an dieser Stelle ganz gut gefunden, wenn Colin sich an mich gewandt und etwas wie: »Hallo, und übrigens danke wegen gestern«, gesagt hätte. Stattdessen nickte er mit dem Kopf beiläufig in meine Richtung, und murmelte etwas, das verdächtig nach »Oh Mann, üble Klamotte« klang. Dann stieg er von seinem Segway ab und zog sein Smartphone aus der Jackentasche.

»Hier, ich zeig dir was!«, sagte er. Zu Uzi, nicht zu mir.

Ich war offenbar Luft für ihn. Bestenfalls. Was mich ziemlich anfraß. Warum tat er so, als wäre ich gar nicht da? Von ganz tief aus dem Bauch stieg eine Wut in mir auf. So muss sich ein Vulkan kurz vor dem Ausbruch fühlen. Mein Gehirn suchte nach Erklärungen. Diese drei präsentierte es mir:

– Ich war, ohne es selbst bemerkt zu haben, von einer Erdspalte verschluckt worden und gar nicht mehr anwesend.
– Colin litt an einer seltenen, noch unerforschten Krankheit, die dafür sorgte, dass er andere Jungen nur zwei Sekunden lang wahrnehmen konnte, um sie dann sofort zu vergessen.
– Colin Rotten war ein arroganter Kotzbrocken.

Ich sah, wie er Uzi sein Telefon hinstreckte. Sie blickte aufs Display.

»Was soll das sein?«, fragte sie. Ich rückte näher an sie heran und reckte den Kopf nach Colins Handy. Dort erkannte ich das Foto eines Sees, in dessen Mitte die Spitze eines Kirchturms aus dem Wasser ragte.

Colin grinste mich breit an, doch seine Augen blieben kalt. »Das ist die Zukunft dieser bescheuerten Baustelle«, sagte er. »So wird es hier auch bald aussehen.«

»Quatsch!«, lachte Uzi. »Hier gibt's doch gar keinen Kirchturm.«

»Aber einen Burgturm«, erwiderte Colin.

Und einen festgefahrenen Pferdekarren im Matsch, dachte ich.

In dem Moment kam Truschel mit seinem Aufnahmegerät zurück. »Na, Colin, willst du auch ein Stück vortragen? Simon lässt dich bestimmt mal auf unsere kleine Bühne. Ich schneide dann mit.« Der Sänger zwinkerte mir zu.

»Nein Danke, Meister von Nachtigall«, sagte Colin. »Ich bin hier, weil ich Ihre Hilfe bei einem meiner Gedichte brauche. Ein Sonett im Stil des Vierzehnten Jahrhunderts. Ich weiß, nicht ganz Ihre Epoche, aber ich komme mit dem Versmaß nicht klar. Jambischer Pentameter, liegt mir irgendwie nicht.«

Mir fiel der Unterkiefer einen Stock tiefer, so erstaunt war ich. Ich starrte Colin an. Dieser blickte mit großen Augen zu Truschel, er sah fast unterwürfig aus.

Ein, zwei Sekunden hielt Colin durch. Dann verzog sich sein Mund und er brach in schallendes Gelächter aus. »Ha! Sie sind drauf reingefallen!«, kreischte er und kicherte haltlos.

»Bin ich tatsächlich«, sagte Truschel ruhig. »Ich glaube immer an das Gute.« Dann hob der Mann langsam die Hand, sagte – ich schwöre es! – »High Five« und ließ Colin einschlagen.

Anschließend zeigte Colin auch Truschel das Bild von dem See. Es war Colin nicht zu blöd, er machte den gleichen Spruch noch einmal: »Das ist die Zukunft dieser bescheuerten Baustelle. So wird es hier auch bald aussehen.«

»Unsinn, Colin«, sagte Truschel. »Das ist in Italien. Und der See ist nicht durch Regen entstanden. Um einen Ort so zu fluten, musst du schon einen Staudamm bauen. Und …«, Truschel drehte sich etwas theatralisch einmal um die eigene Achse, »… siehst du hier einen Staudamm? Also ich nicht!«

Ich weiß nicht, wann genau es bei mir »klick« machte. Aber als ich zur Baustelle hinübersah, wo das Wasser inzwischen durchgehend knöcheltief stand, wurde das Wort »Staudamm« in meinem Kopf immer lauter und deutlicher. Und plötzlich war mir klar, dass der Regen nicht unser Problem war. Ich packte Uzi am Arm. »Die Biber, Uzi!«

Sie sah mich an.

»Das ganze Wasser hier – daran sind die Biber schuld mit ihrem Damm! Drüben am Fluss!«, fuhr ich fort.

»Welcher Damm?«, fragte Truschel.

»Welche Biber?«, fragte Colin.

Uzi fragte nichts. Sie nickte nur stumm. Dann sagte sie nachdenklich: »Simon, das solltest du meiner Mutter erzählen. Und zwar möglichst jetzt gleich und sofort.«

7. KAPITEL
DIE BIBERBEAUFTRAGTE

MONTAG, 8. JULI, AM MORGEN

»Biber!« Uzis Mutter hatte das Wort ausgesprochen, als handele es sich dabei um einen besonders ekligen Hautausschlag mit Eiterbläschen: »Biber!«

Sie war sofort mit uns an den Fluss gelaufen, um das Werk der Tiere mit eigenen Augen zu begutachten. Ich hatte erwartet, dass sie irgendwie beeindruckt sein würde. Dass die kleinen Kerlchen, ausgerüstet mit nicht mehr als Nagezähnen und Schwimmfüßen, so einen Damm hinbekommen hatten – das war doch eine irre Leistung, oder nicht? Unserer Bauleiterin fehlte allerdings der Sinn dafür. Ihr einziger Kommentar: »Die müssen hier weg!«

Das wiederholte sie auch noch einmal am Montagmorgen, als die eilig herbeigerufenen Leute von der Stadtverwaltung bei uns eingetroffen waren: »Die müssen hier weg!«

Die Frau, die sich gerade als »Biberbeauftragte des Umweltamts« vorgestellt hatte, schüttelte mitleidig den Kopf. »So einfach geht das nicht.«

Die Dame und ihr Kollege aus dem Bauamt waren mit ihrem Geländewagen mitten auf die Baustelle gefahren. Das Fahrzeug war bestimmt kurz vorher noch weiß gewesen, nun sah es aus wie mit Schokolade oder Schlimmerem besprenkelt. Die Räder standen bis kurz unter die Achse im Wasser.

Der Bauamtsmensch trug Anzug, seine Krawatte wedelte im Sommerwind. Allerdings schien er sich mit überfluteten Baustellen auszukennen, denn seine Füße steckten in Gummistiefeln. Die Frau sah nach Wanderurlaub aus. Sie trug einen riesigen roten Trekkingrucksack auf dem Rücken. Ich fragte mich, was sie darin wohl herumschleppte.

Julia von Ebersau hatte wegen der Biberkrise einen sofortigen Arbeitsstopp ausgerufen. Ich hatte also nichts zu tun – genauso wie fast alle Helfer auf der Baustelle. Wir waren der Bauleiterin, den Rottens, die natürlich auch zur Stelle waren, und den Experten vom Amt einfach hinterhergetrottet. Nur Uzi war nicht dabei. Sie hatte Reitunterricht und Stalldienst in einem richtigen Reitstall. Und von Colin Rotten war auch keine Spur zu sehen, beziehungsweise kein Motorsurren zu hören. Er war heute offenbar zu Hause geblieben.

Jetzt standen wir am Ufer. Kein Biber weit und breit, aber der Staudamm lag unübersehbar vor uns.

Die Biberbeauftragte lächelte. »Sehr erfreulich. Die Population hat sich offenbar regeneriert und arbeitet an der Renaturierung des Gewässers.«

»Hä? Was soll das denn heißen?«, murmelte Meister Götz neben mir.

»Dass es den Bibern gut geht«, flüsterte Truschel. »So gut, dass sie fleißig kleine Babys bekommen und nun eine schöne große Wohnung mit Swimmingpool drum herum gebaut haben.«

Die Biberbeauftragte sprach weiter. »Frau von Eber-Sau, haben Sie – «

»Ebers-Au!«, unterbrach Julia von Ebersau unwirsch.

» – wissen Sie, wann der Burgbau begonnen hat?«, fuhr die Biberbeauftragte fort.

»Witz, oder was?!«, rief Cay Rotten dazwischen. »Das hier ist die Bauleiterin! Natürlich weiß sie, seit wann wir hier eine Burg bauen!«

Die Biberbeauftragte stutzte. Sie sah ihn irritiert an, dann lachte sie. »Oh, das ist ein Missverständnis! Ein solcher Biberbau wird auch ›Burg‹ genannt. Wir haben hier also offenbar zwei Burgprojekte auf dem Gelände – die sich leider gegenseitig behindern. Also«, sie wandte sich wieder der Bauleiterin zu, »seit wann bauen die Tiere denn?«

»Das weiß ich nicht. Aber seit einigen Tagen steigt das Wasser immer höher. Die Biber müssen weg!«

»Nein. Das Wasser muss weg, nicht die Biber«, sagte die Biberbeauftragte. »Sie stehen unter Naturschutz. Sie von hier zu entfernen, ist nicht möglich. Das verbietet die Fauna-Flora-Habitat-Richtlinie.«

»Was für 'ne Linie?«, grunzte Götz neben mir.

»Aber es muss doch Ausnahmen geben!«, rief die Bauleiterin.

»Selbstverständlich. Wenn Wohnhäuser in Gefahr geraten oder Straßen unterspült werden. Das ist hier erkennbar nicht der Fall.«

»Die Biber haben aber sogar schon einen von uns gebissen!«, rief nun irgendjemand aus den hinteren Reihen dazwischen. Die Biberbeauftragte wandte sich an Julia von Ebersau. Ihre Stimme klang alarmiert: »Das wäre ungewöhnlich. Stimmt das etwa?«

»Ja. Aber der Biber hat in Notwehr gehandelt. Ein Mitarbeiter hat versucht, ihn einzufangen.«

»Ah. Das ist natürlich nicht erlaubt.« Sie wandte sich unserer ganzen Gruppe zu: »Wer war das denn?«

»Es war Bruder Gulo«, sagte Götz. »Der ist jetzt aber nicht hier, der musste ins Krankenhaus!«

»Wegen des Biberbisses?« Sie riss entsetzt die Augen auf.

»Es könnte sein, dass er sich eine Blutvergiftung zugezogen hat«, sagte Julia von Ebersau. »Am Samstag haben die Ärzte ihn zur Diagnose im Krankenhaus behalten. Mehr wissen wir noch nicht.«

Die Biberbeauftragte nickte. »Dann wünsche ich gute Besserung.«

Die Rottenbrüder hatten der Diskussion aufmerksam zugehört. Nun wurde Cay ungeduldig: »Zurück zu unserem eigentlichen Problem: Das Wasser. Also, wie kriegen wir es weg?«

Meister Götz meldete sich zu Wort: »Und wenn wir einfach den Staudamm einreißen?«

»Interessanter Vorschlag«, sagte die Biberbeauftragte. Nur um mit mitleidigem Lächeln fortzufahren: »Allerdings müssten Sie das Spiel ständig wiederholen. Sie glauben gar nicht, wie flott die Tiere das wiederhergestellt haben. Ist also keine Lösung. Außerdem bräuchten Sie auch dafür eine behördliche Genehmigung.«

Götz sah betreten zu Boden, während die Frau ihr Handy aus der Jackentasche zog und begann, den Biberbau und das Stauwasser zu fotografieren.

Theophraste räusperte sich. »Gnädige Dame, erweist uns die Ehre! Nutzt nicht der Zukunft Wunderdinge, wenn ihr unter uns weilt«, sagte sie und machte einen schüchternen Knicks.

»Wie bitte?« Die Biberbeauftragte guckte sie verständnislos an.

»Sie meint«, mischte sich Christian Rotten ein, »wir sind hier doch im Mittelalter, nicht wahr?« Er fuchtelte beim Reden mit den Händen, und die Nordic-Walking-Stöcke, die an seinen Handgelenken baumelten, klapperten metallisch. »Also wäre es sehr entgegenkommend von Ihnen, wenn Sie dem vielleicht etwas Genüge tun und –«

»Handy weg, meint sie«, unterbrach Cay. »Müssen Sie nicht so ernst nehmen. Machen Sie einfach Ihren Job.«

Nach weiteren gefühlten 100 Aufnahmen von der Biberburg und dem angestauten Fluss trottete unser ganzer Tross zur Baustelle. Also: zu unserer Baustelle. Jetzt war der Typ vom Bauamt dran. Im Tempo eines Faultiers auf Schlaftabletten schlurfte er über das Gelände, schaute hier und da, maß Höhen, maß Gefälle. Dann ging er mit seiner Kollegin ein paar Schritte von uns weg. Sie sprachen leise miteinander. Als sie wieder in den Kreis traten, sagte der Mann: »Frau von Eber-Sau, –«

»EBERS-AU!«

» – ja, sorry. Ihr Plan mit den Tonrohren hier unten an der Baustelle, der wird so leider nicht funktionieren. Wir müssen das Wasser nicht nur von Ihrer Burg wegleiten, sondern auch verhindern, dass es überhaupt dorthin gelangt. Das ginge mit Kanälen.« Er wedelte mit einer fahrigen Handbewegung Richtung Ufer. »Einer müsste dort nah am Fluss verlaufen, ein zweiter näher bei uns.«

»Keine große Sache!«, schaltete sich die Biberbeauftragte ein. »Ein Tag baggern, und die Sache ist erledigt.«

Die Biberbeauftragte strahlte. Der Amtsmensch strahlte. Cay und Christian Rotten strahlten. Nur Julia von Ebersaus Gesicht war wie versteinert. »Baggern? Sie meinen mit einer Maschine?«

»Ja, wir baggern mit dem Bagger. Ist so üblich«, lächelte der Amtsmensch müde.

»Das geht nicht!« Julia von Ebersaus Stimme klang eisig, flüssiger Stickstoff war dagegen warmer Sommerregen. »Keine Motoren. Nicht auf meiner Baustelle!«

Der Amtsmensch: »Wie jetzt?«

»Entweder wird hier von Hand gegraben oder gar nicht. Sie verstehen ja überhaupt nicht, was wir hier tun! Sie befinden sich auf einer Mittelalterbaustelle! Wir betreiben hier experimentelle Archäologie! Und das werden Sie uns nicht mit einer modernen Baumaschine kaputt machen.«

Julia von Ebersau sah aus wie eine Sumoringerin vor dem Angriff. Sie hielt beide Hände dicht an den Hüften, bereit, ihren Gegner zu packen und in den Schlamm zu werfen.

Das Grinsen im Gesicht des Amtsmenschen war verschwunden. »Ja, also, unsere Leute können leider nicht arbeiten wie im Mittelalter«, sagte er kleinlaut.

»Macht nichts. Ich habe hier genug Helfer. Es reicht, wenn Sie uns genau erklären, wo die Gräben verlaufen müssen. Ausheben können wir sie selbst.«

Christian Rotten legte ihr die Hand auf den Arm. »Bitte denken Sie noch einmal nach, liebe Frau von Ebersau. So eine moderne Maschine ist doch sehr nützlich, und wie sagt man so schön? Zeit ist Geld! Man weiß ja, was Wasser anrichten kann, nicht wahr? Ich erinnere mich noch gut, als letztes Jahr – oder war es vorletztes? – na, wie auch immer, Sie wissen schon. Jedenfalls, die Fundamente werden das nicht ewig aushalten. Ich glaube daher, es wäre vielleicht doch eine gute Idee, wenn –«

»Es muss einfach schnell gehen!« Cay würgte Christian wieder mitten im Satz ab.

»Unsinn, Herr Rotten! So schnell nimmt der Bau keinen Schaden. Das bisschen Wasser kann meine Burg noch ein paar Tage lang ab.«

»Unsere Burg«, korrigierte Cay Rotten. »Als Hauptsponsoren des Projektes bestehen wir auf dem Baggereinsatz. Jede Verzögerung kostet Geld. Das wollen wir nicht im Schlamm versenken, sondern sinnvoll einsetzen. Darum: Bagger!«

»Kommt nicht infrage. Kein Wissenschaftler nimmt uns mehr ernst, wenn wir hier mit schwerem Gerät auffahren. Die Forschungsergebnisse können wir uns in die Haare schmieren. Und die Fördergelder, um die wir uns bewerben wollten, gleich dazu«, feuerte die Bauleiterin zurück.

»Ja, liebe Frau von Ebersau, das ist alles schön und gut. Aber an dieser Stelle muss doch die Vernunft, ich wiederhole: Vernunft siegen. Die Bagger sollen doch nur ein einziges Mal und ganz ausnahmsweise anfahren. Und wie sagt man noch so schön? Ein Mal ist kein Mal! Und die freundlichen Herrschaften vom Amt wollen doch auch nur helfen«, versuchte Christian Rotten es noch einmal.

Aber Julia von Ebersau erwiderte: »Das tun sie auch, und dafür bin ich wirklich sehr dankbar. Aber wir müssen uns an unsere eigenen Regeln halten. Die Burg wird gebaut, und zwar mit den Methoden des Mittelalters. Auch wenn uns das jetzt ein paar Wochen Arbeitszeit kostet. Sie haben einen Sponsorenvertrag mit unserem Projekt geschlossen, und er läuft über zehn Jahre. Die ganze Burg wird frühestens in 25 Jahren vollendet sein. Da kommt es auf ein paar Wochen, in denen wir einen Graben schaufeln, wirklich nicht an.«

»Das ist aber Verschwendung besagter Sponsorengelder!«, rief Cay Rotten. Er wurde richtig laut. Und ungewohnt wortreich. »Der Wasserpegel bedroht das Burgfundament. Sie wollen das nicht zugeben, weil Sie die Verantwortung dafür tragen, dass es überhaupt so weit kommen konnte! Jetzt verschwenden Sie Zeit und Geld, um Ihr Unvermögen zu vertuschen!« Irgendetwas in dem Mann kochte über. »›Keine Maschinen auf meiner Mittelalterbaustelle!‹«, äffte er die Bauleiterin nach. »Wenn ich das schon höre! Seien Sie froh, dass wir nicht wirklich im Mittelalter sind! Da wären Sie schon längst als Hexe verbrannt worden.«

»Unsinn.« Julia von Ebersau schüttelte den Kopf. Sie sah nicht wütend aus, nur genervt. »Die großen Hexenverbrennungen fanden nicht im Mittelalter statt, sondern viel später. Hier zeigt sich mal wieder, dass Sie fachlich keine Ahnung haben!«

Während die Bauleiterin und die Brausebrüder sich anzickten, wurde mir immer mulmiger zumute. Dass Cay Rotten unserer Bauleiterin vorwarf, leichtfertig die Burg in Gefahr zu bringen, war starker Tobak. Hatte er damit womöglich recht? Ich konnte es mir kaum vorstellen. Aber warum wurde er so heftig, wenn es angeblich keinen Grund zur Beunruhigung gab? In meiner Magengrube spürte ich einen schweren Klumpen, und ich war mir ziemlich sicher, dass es keine Spätfolge der Frühstücksgrütze war. Ich sah zu Truschel, zu Götz, zu den Amtsmenschen. Alle schwiegen. Niemand traute sich, den Streit zu schlichten.

Die Bauleiterin hatte wohl auch bemerkt, dass die Sache aus dem Ruder lief. »Meine Herren, ich finde, dies ist nicht der richtige Ort für dieses Gespräch«, sagte sie. Damit war für Julia von Ebersau die Diskussion beendet. Sie wandte sich den beiden Amtsvertretern zu: »Wenn Sie uns nun beim Markieren der Grabungslinie behilflich sein könnten?«

Cay und Christian Rotten machten wortlos auf den Absätzen ihrer schweren Stiefel kehrt und stapften durch die aufgeweichte Erde Richtung Parkplatz davon.

Sie bekamen gar nicht mehr mit, wie die Biberfrau schließlich doch noch das Geheimnis um ihren Rucksack lüftete. Sie hatte darin weiße Plastikrohre aus der Sanitär-Abteilung im Baumarkt. Die hatte sie eigentlich in den Damm schieben wollen, und zwar unter Wasser. Der Plan war, dass das Wasser dann durch die Rohre und damit durch den Damm hindurchfließen sollte. Natürlich ließ sich Julia von Ebersau nicht auf diese Plastikdinger ein. Aber sie fand die Idee gut, ein Abflussrohr einzubauen. Und so kam es, dass Meister Götz und ich zu dem festgefahrenen Pferdekarren wateten, um einen Teil unserer Tonrohre in einen Weidenkorb zu laden und zum Biberdamm zu verfrachten.

Die Dinger zusammenzustecken und unter Wasser in den Damm zu pfriemeln, war ein ziemliches Gewurstel. Aber mithilfe der Biberfrau gelang es.

Ich hoffte sehr, dass die Tonrohre als Drainage gut funktionieren würden. Denn ich hatte beim Umladen der Rohre einen Blick auf die Speichen geworfen. Das Wasser stand jetzt schon auf acht Uhr.

Die Behördenleute dampften schließlich mit ihrem Geländewagen wieder ab, vermutlich in die nächste Waschstraße. Die Bauleiterin teilte uns dann mit Götz' Hilfe in zwei Trupps ein. Es gab allerdings nicht genügend Schaufeln für alle, sodass wir teils mit Hacken, mit Eimern und sogar Körben im Schlamm wühlten, um die beiden Gräben auszuheben, die der Bauamtsheini empfohlen hatte. Ich hatte nur ein Holzbrett als Werkzeug erwischt, mit dem ich nun im Erdreich herumhebelte. Ein ziemlich spaßbefreites Unterfangen. Außerdem hatte ich eine große Sorge: Wenn ab jetzt alle Helfer zum Ausheben von Gräben abkommandiert waren, galt das wahrscheinlich auch für mich. Und meine geplanten Stationen beim Schmied und beim Steinmetz würden ausfallen. Davon war ich natürlich wenig begeistert.

Truschel werkelte den ganzen Tag über neben mir. Er trieb mit halbherzigen Hieben eine Art Spitzhacke in den Boden und motzte dabei ununterbrochen vor sich hin: »Ich meine, das ist doch jetzt wirklich übertrieben von Julia! Unsere Brausebarone haben recht: Kurz mal Pausetaste drücken, Bagger anrollen lassen, fertig. Deswegen verwässern wir die Projektidee doch nicht!«

»Stimmt, das machen schon die Biber.«

»Witzig. Schau, Simon, ich bin hier, um euch mit meinen Liedern bei Laune zu halten. Und um unser Leben am Toten Winkel in meinen Versen unsterblich zu machen. Was soll ich denn als Nächstes texten?« Truschel kreuzte theatralisch die Arme vor der Brust, blickte in die Ferne und begann zu singen:

Die Biber bauten ihren Damm,
Und unsere Burg versank im Schlamm.
Doch statt die Wasser abzuleiten,
Wie es uns von gescheit'ren Leuten
Geraten ward, scheint unsere Herrin
Nicht klug zu sein – eher 'ne Närrin!
Sie lässt uns mühsam Gräben graben.
Wozu wir keine Lust mehr haben.

Er brach ab und machte eine wegwerfende Geste. »Na ja, das war jetzt improvisiert. Es fehlt noch etwas Feinschliff. Ist nicht mein bestes Werk.«

Das fand ich auch, aber bevor ich Truschel beipflichten konnte, läutete die Glocke zum Abendessen.

Dort erfuhren wir dann etwas ganz Erstaunliches: Meister Götz und die Bauleiterin hatten kurz vor Arbeitsschluss noch einmal drüben am Biberdamm nach den Tonrohren gesehen. Unser neues Abflussrohr, das wir so mühsam eingebaut hatten, saß noch an der richtigen Stelle. Aber die Biber hatten es einfach zugestopft. Und das Wasser stieg wieder.

8. KAPITEL
DIE TRULLAMARIE

DIENSTAG, 9. JULI, NACH SONNENAUFGANG

Am nächsten Morgen ging ich gleich nach dem Aufstehen zum Biberdamm. Auch wenn die Tiere uns Probleme machten – ich war von ihnen fasziniert. Also zog ich los, in der Hoffnung, eines von ihnen zu sehen. Am liebsten natürlich den goldfarbenen Biber. Mit ihm hatte diese ganze Story ja irgendwie angefangen.

Was ich dann unten am Fluss sah, war nicht, was ich erwartet hatte.

Ich mache es kurz: Ich erblickte tatsächlich die Biber, als ich mich vorsichtig anschlich. Auch der Goldene war dabei. Sie schleppten Äste und arbeiteten an ihrem Damm. Und das war bitter nötig, denn im Damm klaffte ein riesiges Loch. Auf einer Breite von ungefähr einem Meter war er einfach weggerissen. Echt. Einfach. Weg.

Als ich das bemerkte, stieß ich vor Schreck einen kleinen Schrei aus und die Biber tauchten sofort ab. Ich ärgerte mich, dass ich sie verscheucht hatte. Dann inspizierte ich das kaputte Bauwerk. Am Ufer und im Wasser lagen die Trümmer verstreut. So etwas, das war mir klar, passiert nicht durch Zufall oder Wind oder Wasser. Irgendjemand musste den Damm über Nacht zerstört haben. Einer von uns?

Ich rannte zur Hütte der Bauleiterin. Julia von Ebersau reagierte sofort. Beim Frühstück gab sie bekannt, dass jeder, der sich an den Biberbauten zu schaffen machte, sofort entlassen würde.

Kurz darauf schaufelten wir wieder an unseren Abwassergräben. Stundenlang. Schaufeln, schaufeln, schaufeln. Ich fragte mich, was Uzi wohl gerade machte. Ich hatte sie seit zwei Tagen nicht mehr gesehen. Zwei Tage, an denen ich immer wieder möglichst unauffällig am Pferdegatter vorbeigeschlendert war, um nach ihr Ausschau zu halten. Aber sie war nie da gewesen. Es sah ganz so aus, als wollte sie mich nicht besonders dringend wiedersehen. Das machte die Buddelei noch unerträglicher.

Während ich überlegte, wie ich der Tortur entkommen könnte, begann die Glocke zu läuten. Schon Mittagessen? Das konnte ich mir kaum vorstellen. Natürlich trug ich keine Uhr, aber ein Blick an den Himmel bestätigte mein Gefühl. Die Sonne stand noch nicht hoch genug. Auch solche Dinge lernte man hier.

Die anderen schienen genauso erstaunt wie ich, die Ersten machten sich trotzdem auf in Richtung des Kochzeltes – von dem allerdings kein Rauch aufstieg. Wie auch? Das Küchenteam hatte ja ebenfalls mitgeschaufelt.

Tatsächlich begrüßte uns an dem Platz vor dem Zelt auch kein dampfender Topf mit Grütze. Sondern die Brüder Rotten.

Uzis Mutter schob sich an den anderen vorbei durch die Menschentraube, die sich inzwischen gebildet hatte. »Was soll das jetzt werden, wenn ich fragen darf?« Der Ton war derselbe wie gestern. Kalt und irgendwie … angepisst.

»Bitte einen Moment Geduld, liebe Frau von Ebersau, bis alle da sind.« Christian Rotten rammte seine Walking-Stöcke in die Erde. »Wie sagt man so schön? In der Ruhe liegt die Kraft!« Er blickte sich um und nickte zufrieden. »Okay, alle da. Cay, ich würde dann mal anfangen, wenn du nichts dagegen hast? Oder sollten wir lieber noch – «

»Nein. Los!«

»Liebe Leute«, hob Christian daraufhin mit lauter Stimme an. »Wir kommen mit schlechten Nachrichten. Von dem allseits geschätzten Kollegen Bernd Stracke, der – «

Bernd Stracke? Den Namen hatte ich noch nie gehört.

»Gulo!«, grunzte Cay dazwischen.

»Klar, richtig, Gulo. Bruder Gulo, so nennt er sich ja hier. Also, Cay und ich wollten ihn heute anrufen. Hören, ob es ihm besser geht.«

»Anrufen!« Cay Rotten spreizte Daumen und kleinen Finger der rechten Hand ab und hielt sie wie einen Telefonhörer an den Kopf. »Wundersame Technik aus weit entfernter Zukunft.«

»Sprechen Sie bitte weiter, Herr Rotten«, unterbrach Uzis Mutter gereizt. Spitzenstimmung!

Christian nickte: »Nun, er war nicht zu erreichen, unser Bruder Gulo. Sonderbar, habe ich mir gedacht. Woran kann das denn nun liegen, habe ich mich gefragt, nicht wahr? Und dann – «

»... ist mein Bruder bei Gulo vorbeigefahren. Aber keiner da!« Cay wollte offensichtlich auf den Punkt kommen. »Kein Wunder, wie wir jetzt wissen. Gulo ist im Krankenhaus. Aber nicht mit Blutvergiftung!« Er machte eine Pause und sah prüfend in die Runde, ob auch jeder seine Lauscher aufgestellt hatte. Keiner sollte verpassen, was jetzt kommen würde. Erst dann fuhr er fort: »Er hat die Pest.«

In unserer Runde herrschte mit einem Mal Totenstille.

Und in meinem Kopf ratterte es. Die Pest? Der schwarze Tod? Ich habe mal ein Buch gelesen. Es spielte im 14. Jahrhundert, als die Seuche über ganz Europa fegte und ein Drittel der Bevölkerung tötete. 25 Millionen Menschen. Etwa diese Pest?

»Die Pest?« Es war Theophraste, die die Stille brach. »Das ist doch Unsinn!«

Cay Rotten nickte. »Ja. Und nein. Bei Bruder Gulo wurde Tularämie festgestellt. Landläufig auch bekannt als Biberfieber oder Hasenpest. Hoch ansteckend und lebensbedrohlich. Ziemlich hässliche Sache. Kopf- und Bauchweh, Erbrechen, Fieber, Schüttelfrost. Ich erspare Einzelheiten. Nur so viel: Der arme Kerl wurde umgehend in die Seuchenabteilung des Krankenhauses verfrachtet. Absolute Quarantäne, Besuch nur in Schutzkleidung. Ach ja, Sie sollten noch wissen, wo er sich die fiesen kleinen Erreger eingefangen hat – falls Sie es sich nicht schon denken können.«

Der Biberbiss, durchfuhr es mich mit Schrecken.

»Biberbiss«, bestätigte Christian Rotten. »Von Gulos, ich sage mal, Schlachtplan, und wie er danebenging, haben ja sogar wir schon gehört, nicht wahr?«

Es wurde unruhig. Alle schienen nun Fragen zu haben und redeten wild durcheinander. Nur Julia von Ebersau rührte sich nicht, presste die Lippen zusammen und blickte die Rottenbrüder aus zusammengekniffenen Augen misstrauisch an.

»Ruhe! Ruhe, bitte!« Christian Rotten versuchte die Menge zu beschwichtigen. »Ruhe, bitte hören Sie zu.« Er wartete einen Moment, bis tatsächlich so etwas wie Ruhe einkehrte. Dann fuhr er fort: »Ein paar Dinge sind jetzt noch wichtig zu wissen. Erstens, Sie müssen sich, nun ja, also sie müssen sich keine Sorgen machen. Wirklich. Wird die Krankheit rechtzeitig behandelt, ist sie nicht tödlich, und wir gehen entsprechend davon aus, dass Kollege Stra… ich meine, dass Bruder Gulo bald genesen wird. Um zweitens zu vermeiden, dass es zu weiteren Fällen kommt, bitten wir Sie, Abstand von den Bibern zu halten. Gehen Sie nicht mehr zum Fluss. Melden Sie umgehend, wenn sich ein Tier hierher verirren sollte. Wir müssen davon ausgehen, dass die gesamte Sippe den Erreger in sich trägt, nicht wahr? Diese vermeintlich niedlichen Nager sind offenbar gemeingefährlich.«

»Das war's«, sagte Cay noch knapp. »Trotzdem einen schönen Tag.«

Punkt. Aus. Genau wie gestern morgen machten die beiden wieder auf dem Absatz kehrt und marschierten ohne ein weiteres Wort in Richtung Parkplatz davon.

Das Mittagessen schmeckte mir an dem Tag überhaupt nicht. Es gab eine fade Gemüsesuppe mit Graupen, aber daran lag es nicht. Julia von Ebersau hatte, als Stimmungsaufheller sozusagen, sogar dafür gesorgt, dass ein paar Streifen Speck darin schwammen. Mir schlug vielmehr diese sonderbare Krankheit auf den Magen, von der die Rottens berichtet hatten. Hasenpest. Biberfieber! Der niedliche Nager mit dem goldenen Fell tauchte vor meinen Augen auf. Keine Armeslänge entfernt war er von mir gewesen, als ich ihn in Gulos Käfig betrachtet hatte. Das Seuchenopfer im Krankenhaus? Das hätte genauso gut ich sein können! Ich stellte mir vor, was meine Eltern sich für Sorgen machen würden, wenn ihr einziges Kind mit Biberfieber in die Notaufnahme käme. Und ich fragte mich, wie meine Mutter wohl in einem Seuchenschutzanzug aussähe.

Aber ich war ja nicht infiziert, sondern saß beim Essen. Lustlos schob ich die Speckstücke in der Tonschale vor mir hin und her und wieder zurück und hörte den anderen zu.

»Was für miese Viecher!«, sagte Götz kauend zwischen zwei Bissen. »Erst fluten sie unsere Baustelle, und dann beißen sie wild um sich und verbreiten ihre Seuche!«

Er klang richtig beleidigt. Mir kam es ziemlich unsinnig vor, auf eine Biberfamilie sauer zu sein. Schließlich hatten die Tiere Gulo ja nicht mit Absicht angesteckt. Und den Staudamm hatten sie auch nicht gebaut, um uns zu ärgern. Sondern weil Biber eben Staudämme bauen.

Truschel sah Götz ernst an. Der Sänger kaute in Ruhe zu Ende, dann sagte er: »Götz, so ist das nun mal, wenn Mensch und Tier sich in die Quere kommen. Da gibt es leider manchmal Probleme. Aber wenn du mich fragst – Gulo ist selber schuld. Wieso fängt er auch ein wildes Tier?«

»Na, woher sollte er denn wissen, dass er da dieses Dings bekommt, diese … Trullamarie!«

»Tularämie«, verbesserte Truschel sanft.

Götz schüttelte den Kopf. »Unsere Burgherrin hat völlig recht. Die

Biber müssen weg! Würden wir wirklich leben wie vor 800 Jahren, würden wir doch kurzen Prozess machen mit diesen Viechern. Mit eigenem Willen und eigener Kraft unser Schicksal in die Hand nehmen, die uns der Allmächtige leiten würde, wie es ihm gefällt … Aber stattdessen lassen wir uns von diesen Behördenheinis vertrösten.« Er hob seinen Holzlöffel hoch und zeigte damit auf Truschel. »Ich sage: Kur! Zer! Pro! Zess!« Jede Silbe unterstrich er mit einem Löffelstoß in die Luft. Graupenkörner flogen herum wie Konfetti. »Biber raus!«

»Götz, wie stellst du dir das vor?«, fragte Truschel über den Tisch. »Man kann die Tiere jetzt doch nicht einfangen und umsiedeln, sie sind mit einer gefährlichen Seuche infiziert!«

Ich war mir nicht so sicher, dass Götz tatsächlich gemeint hatte, man solle die Biber fangen und für sie ein neues Zuhause finden. Das würde lange dauern. Einen »kurzen Prozess« stellte ich mir anders vor. Kürzer. Aber bevor Götz erklären konnte, was genau er hatte sagen wollen, kam der Koch mit einem großen Brett herbei, auf dem warme Honigplätzchen dampfend ihren süßen Duft verströmten, und rief: »Nachspeise!«

Die Diskussion war beendet.

Für den Moment.

9. KAPITEL
DIE TULARÄMIE

DIENSTAG, 9. JULI, AM FRÜHEN NACHMITTAG

»Lies schon vor«, drängte ich und lugte vorsichtig hinter dem Baum hervor in Richtung Baustelle. Von dort war nichts als das Schmatzen der Schaufeln im nassen Boden zu hören. Keiner scherte sich um uns. Beruhigt wandte ich mich wieder Uzi und ihrem Handy zu.

Als die letzten Plätzchen aufgefuttert waren, hatten wir uns wieder alle ans Buddeln gemacht. Oder besser: fast alle. Denn ich hatte mich heimlich ausgeklinkt. Hatte Truschel einfach gesagt, ich müsse mal aufs Klo. In Wahrheit hatte ich eine neongrüne Häkelmütze wie ein Riesenglühwürmchen durch den Wald hüpfen sehen. Uzi! Ich musste sie unbedingt vor der tödlichen Gefahr warnen, die im Wald auf sie lauerte. Was, wenn sie den Bibern zu nahe käme? Ich also hinterher, und am Gatter der Pferdekoppel holte ich sie schließlich ein.

Von dem Pestfall unter den Bibern hatte Uzi schon von ihrer Mutter gehört. Mama Ebersau hatte ihr eingeschärft, auf dem Baustellengelände keine Wildtiere anzufassen. Allerdings hatte sie den erkrankten Gulo und auch den Auftritt der Rottenbrüder mit keiner Silbe erwähnt. Den Teil hatte ich jetzt übernommen. Ich erzählte Uzi auch vom Besuch der Biberbeauftragten, ihrem Rucksack, unseren vergeblich eingebauten Tonrohren und dem zerstörten Damm. Den die Nager übrigens, das hatte Truschel berichtet, schon fast wieder repariert hatten.

Uzi hatte mich nicht ein einziges Mal unterbrochen.

»Simon, glaubst du das eigentlich?«, hatte sie gefragt. »Das mit der Pest?«

»Na ja. Scheint ja keine richtige Pest zu sein, diese Tularämie.«

»Aber was ist es dann?« Mit diesem Satz hatte Uzi ihr Telefon gezückt, in die Zeile der Suchmaschine »Tularämie« und »Biber« eingegeben und mich schnell hinter einen Baum gezogen. Zwar versuchten die lieben Baustellenkollegen bei Besuchern etwas nachsichtiger zu sein. Aber der Spross der Burgherrin galt natürlich nicht wirklich als Besuch. Also war es besser, wenn niemand sah, wie wir mit einem Handy herumfummelten.

»Also was ist jetzt? Lies vor!«, wiederholte ich.

»Moment, die Seite lädt noch. Ah … jetzt! Also: Der Erreger der Tularämie, Francisella tularensis, ist ein gram-negativer, intrazellulärer, unbeweglicher, aerob wachsender, pöeomorpher Coccobacillus. Er bildet – «

»Bitte aufhören!«, unterbrach ich. »Ich versteh nur Coccobacillus!«

»Ich auch«, seufzte Uzi und vertiefte sich wieder in die Lektüre. Doch schon Sekunden später meldete sie sich zurück: »Simon, das ist doch komisch, oder? Hier steht, dass infizierte Tiere an ihrem Verhalten zu erkennen sind. Die werden ganz, warte … ah, hier: apathisch?«

Sie sah mich fragend an.

»Das ist so was wie unbeteiligt, teilnahmslos, abwesend, glaube ich.« Keine Ahnung, woher ich das nun wieder wusste. Aber es stimmte.

»Hör mal, hier steht: Betroffene Tiere magern ab, zeigen struppiges Fell, schwankenden Gang und werden apathisch. Aufgrund von Entkräftung verlieren sie oft ihre natürliche Scheu.«

»Na, das würde jedenfalls erklären, wie es einem Klops wie Gulo überhaupt gelingen konnte, so ein Tier einzufangen.«

»Aber das hat er doch mit einer Falle gemacht, dachte ich. Und außerdem hast du mir erzählt, das Vieh wäre auf seiner Flucht aus dem Käfig ziemlich flott im Gebüsch verschwunden.«

Sie hatte recht.

»Du hast recht«, sagte ich. Auch die Biber-Kollegen am Fluss schienen nicht wirklich teilnahmslos. Sonst hätte ich lieber gar nicht wissen wollen, wie flott ein teilnehmender Biber Dämme baut.

»Und was war mit dem Fell?«, wollte Uzi wissen. »War das struppig?«

»Nein, gar nicht. Goldglänzend und ein bisschen wie Samt.«

Und jetzt?

»Irgendwas stimmt hier nicht.« Uzi sah mich durchdringend an. »Wieso erzählen diese Brausebrüder hier was von Seuchengefahr und todkranken Tieren, während unsere Biber quicklebendig durchs Unterholz zuckeln und an ihrem Damm herumbasteln? Ich glaube, hier läuft irgendein krummes Ding.«

Das ging mir dann doch etwas zu weit. »Warte mal«, erwiderte ich. »Ein Blick ins Internet macht uns jetzt nicht gleich zu Tierärzten.«

»Aber die Sache stinkt doch wie frischer Pferdemist!«

»Na ja, da sind schon ein paar Ungereimtheiten, das sehe ich auch. Vielleicht sollten wir mal wieder mit deiner Mutter sprechen?«

Das taten wir dann auch. Julia von Ebersau empfing uns in ihrer Hütte und hörte uns zwar aufmerksam zu. Aber es brachte nichts.

»Ein Blick ins Internet macht euch jetzt nicht gleich zu Tierärzten«, sagte sie freundlich, aber bestimmt. Ein Satz, den ich irgendwo schon mal gehört hatte. »Außerdem haben die Rottens sich das ja nicht ausgedacht. Tularämie – das hat man ihnen doch im Krankenhaus so mitgeteilt. Dort sitzen die Experten, nicht hier vor mir!«

»Aber Mama, die Sache kommt mir wirklich komisch vor!«

»Liebe Tochter, das ist mir egal. Ende der Diskussion. Mach dich lieber nützlich! Nimm dir eine Schaufel und hilf uns beim Ausheben der Entwässerungsgräben. Aber verschone mich mit irgendwelchen Verschwörungstheorien. Wenn ich keinen Grund habe, am Biberfieber zu zweifeln, hast du den auch nicht.«

Aber da hätte die Mutter ihre Tochter natürlich besser kennen müssen.

10. KAPITEL
DER PRÄSENTKORB

DIENSTAG, 9. JULI, AM NACHMITTAG

Kaum war die Tür der Bauleiterinnenhütte hinter uns zugeklappt, nahm Uzi meine Hand und zog mich fort, quer über das Gelände. Sie schien es sehr eilig zu haben, jedenfalls achtete sie nicht auf die Pfützen und Schlammlöcher. Hätte ich an ihrer Stelle auch nicht getan, sie trug schließlich Gummistiefel bis zum Knie. Ich nicht. Meine Sandalen pflügten durch den Modder wie Hafenschlepper, ich spürte nasse Erde zwischen den Zehen. Zunächst hielten wir auf den Graben zu, in dem Truschel schlecht gelaunt herumschaufelte. Doch statt anzuhalten, eilte Uzi stumm an dem Sänger vorbei, der aussah, als wollte er etwas sagen. Den Mund dann aber doch wieder schloss. Auf und zu, wie ein Karpfen auf dem Trockenen.

Als wir schon fast am Wildzaun mit den Porträts der grinsenden Brausebarone angelangt waren, fand ich schließlich meine Sprache wieder: »Uzi, wo willst du eigentlich hin? Die Gräben liegen in der anderen Richtung.« Meine letzte Messung am Morgen hatte ergeben, dass am Wagenrad das Wasser mittlerweile auf Viertel nach acht stand. Obwohl die ganze Mannschaft dagegen anschaufelte.

Aber Uzi drehte sich nicht um und verringerte auch ihr Tempo nicht.

Immerhin bekam ich eine Antwort: »Ich finde, wir sollten jetzt selbst mal mit diesem Gulo reden.«

»Aber der ist im Krankenhaus. Und Seuchenstation klingt nicht so, als könnte man da einfach reinspazieren, selbst wenn man wollte.« Und ich wollte gar nicht unbedingt. »Außerdem ist das total weit weg. Wie sollen wir denn da hinkommen? Den ganzen Weg laufen?« Als meine Mutter mich vor einer Woche am Toten Winkel abgeliefert hatte, waren wir bestimmt zehn Minuten durch Wald und noch mehr Wald gefahren. Mit dem Auto. In nassen Sandalen würde das Stunden dauern. Und garantiert mit dicken Blasen an jeder Zehenspitze enden.

»Mein Fahrrad steht auf dem Besucherparkplatz. Ich nehme dich auf den Gepäckträger. Und wenn ich nicht mehr kann, tauschen wir.« Uzi klang, als hätte sie nicht nur einen Plan, sondern diesen auch bereits minutiös ausgearbeitet. Und ich? Seufzte ergeben.

Eine knappe Stunde später und reichlich aus der Puste standen wir vor dem Empfangstresen des Krankenhauses. Uzi stieß mich an und nickte mir aufmunternd zu. Ich verstand. Offenbar war es Teil ihres Planes, dass ich die Krankenschwester, die hinter ihrem Tresen missmutig auf eine Computertastatur einhackte, bequatschen sollte, damit sie uns zu Bruder Gulo vorließe. Ich überlegte kurz, was wohl besser war: Darüber jetzt mit Uzi eine Diskussion zu beginnen. Oder einfach Augen zu und durch? Die Entscheidung fiel mir nicht schwer.

»Ähm … hallo?«, krächzte ich etwas kläglich.

Keine Reaktion.

»Hallo, guten Tag, ich … nein, ich meine: wir. Wir haben da mal eine Frage.«

Mit einem Geräusch, das wie ein Echo meines Krächzens klang, drehte sich die Schwester auf ihrem Schreibtischstuhl zu uns um. Musste man auch mal wieder ölen. Den Stuhl, meine ich.

Die Frau musterte mich stumm von oben bis unten. Sie starrte auf die Stelle, an der meine erdverschmierte Leinenkutte am Oberschenkel endete wie ein Sommerkleid. Ihr Blick wanderte weiter an meinen nackten Beinen hinunter bis zu meinen dreckverkrusteten Zehen, die in dreckverkrusteten Sandalen steckten. Mit denen hatte ich eine hübsche braune Spur über die glänzenden Bodenfliesen gezogen.

Uzi verstand sofort, was Sache war: »Entschuldigen Sie den Aufzug. Mein Freund Simon hier kommt aus der Vergangenheit. Der ist gut und gern 800 Jahre gereist, nur um jetzt mit Ihnen zu reden!«

Die Krankenschwester nickte stumm. Als ich schon überlegte, ob sie vielleicht gar nicht sprechen könnte, öffnete sie den Mund: »Hatte ich mir gedacht. Du kommst also von dieser Baustelle im Wald?« Sie schüttelte den Kopf. »Jetzt lassen die da schon Kinder schuften!«

Ich ging nicht darauf ein und sagte stattdessen: »Wir möchten bitte zur Seuchenstation.«

»Ihr möchtet … was?«

»Zur Seuchenstation. Am Wochenende ist ein Tularämiefall bei Ihnen eingeliefert worden. Bruder Gu… ich meine: ein Herr Stracke, Bernd Stracke? Den möchten wir gern sehen.«

Die Frau starrte mich wieder an. Diesmal galt ihr Interesse nicht meinen schlammigen Sandalen. Sie schien vielmehr zu versuchen, in meinen Kopf zu gucken. Als ob sie erwartete, dort irgendwelche Kurzschlüsse aufblitzen oder lose Kabelenden zu sehen. Dann sagte sie, sehr langsam, als würde sie mit einem schwer erziehbaren Welpen sprechen: »Es gibt keine Seuchenstation.«

»Es gibt …?«

»… keine Seuchenstation, richtig.«

»Entschuldigung«, mischte sich Uzi nun ein, »aber wenn es hier keine Seuchenstation gibt, wo finden wir dann den Patienten?«

»Seid ihr denn Verwandte?«

»Ja, klar!«, sagte Uzi ohne zu zögern. »Bernd ist mein Onkel.«

Hatte ich etwas verpasst?

Es dauerte einen Moment, ehe ich verstand, was Uzi vorhatte. Ehrlich gesagt verstand ich es erst, als die Krankenschwester missmutig antwortete: »Aha. Einen Augenblick, ich sehe mal nach.« Ihre Finger klapperten über die Tastatur. Dann hielten sie inne: »Gibt es hier nicht.«

»Aber der wurde hier mit Biberfieber eingeliefert. Tularämie, damit ist nicht zu spaßen!«

»Tularämie.« Die Frau sah uns jetzt beide an, als hätten wir nicht mehr alle Latten am Zaun. »Tularämie gab es hier seit 20 Jahren nicht.«

»Das kann nicht sein«, platzte es jetzt aus mir raus. »Ich habe ihn doch gesehen. Der Mann war echt hinüber, als er die Baustelle verließ. Kalter Schweiß, hohes Fieber. Samstagfrüh war das, ich war dabei!«

»Als er hier eingeliefert wurde?«

»Nein, als Julia von Ebersau«, ich nickte mit dem Kinn Richtung Uzi, »ihre Mutter. Als Frau von Ebersau mit dem Herrn Stracke wegfuhr.«

»Aha. Aber einen Herrn Stracke haben wir hier nicht.« Doch statt sich wieder dem Bildschirm zuzuwenden, sah sie uns einen Moment nachdenklich an. »Hm«, sagte sie.

»Hm?«, versuchte es Uzi aufmunternd.

»Hm! Es sei denn natürlich …« Noch einmal Tastengeklapper. »Dachte ich es mir doch. Hier steht, er wurde am Sonntagmorgen entlassen.«

Das Haus, in dem Bruder Gulo wohnte, hätte mal wieder einen neuen Anstrich vertragen können. Auch der schmale Rasenstreifen, der es vom Gehweg trennte, hatte schon bessere Tage gesehen. Aber wir hatten es gefunden, und das war die Hauptsache. Pökelallee 3. Die Adresse hatte Uzi im Netz rausgesucht. Die Schwester im Krankenhaus hätten wir ja schlecht danach fragen können, seit Uzi sich als Nichte des Patienten ausgegeben hatte. Die Frau an der Aufnahme war dann doch noch recht gesprächig geworden. Was wir von ihr erfuhren, war ziemlich verblüffend: Bruder Gulo war sehr wohl am Samstag im Krankenhaus angekommen. Aber da der diensthabende Arzt in der Notaufnahme nichts als eine schwere Grippe bei ihm hatte feststellen können, hatte man den Mann nach einer Nacht zur Beobachtung am nächsten Morgen mit einer Familienpackung fiebersenkender Tabletten nach Hause geschickt. Und eine Woche Bettruhe verordnet.

Als ich mit Uzi wieder vor dem Krankenhaus stand, war uns klar geworden, dass wir mit Gulo selbst sprechen mussten. Hatte er den Rottens die Nummer mit der Hasenpest aufgetischt? Und wenn ja: warum?

Uzi hatte inzwischen die Namen an der Türklingel überflogen. Stracke stand unten links, unser Gottesmann wohnte also ganz geerdet im Parterre. Energisch drückte Uzi auf den Knopf.

Nichts geschah.

Wieder drücken.

Warten.

Nichts.

Oh Mann, war der Typ nicht da? Schlief er, gefangen in wirren Fieberträumen?

Ich wollte schon aufgeben, als der Summer schnarrte und Uzi die Tür aufstieß. Wir stolperten in ein dunkles Treppenhaus, in dem es nach kaltem Eintopf roch.

Hauptsache, ohne Biberfleisch, dachte ich.

Einen halben Treppenabsatz oberhalb ging eine Tür auf. Im schmalen Spalt erkannte ich ein sehr rundes, sehr blasses und schweißglänzendes Gesicht. Gulo, keine Frage. Aber in kaum besserem Zustand als beim letzten Mal, als ich ihn gesehen hatte.

»Was … wer seid ihr?«, flüsterte es kraftlos aus dem Mondgesicht. Gulo hatte wahrscheinlich seit Tagen kein Wort gesprochen. »Moment mal, dich kenne ich doch.« Seine kleinen Äuglein versuchten mich zu fixieren, was ihm sichtlich Mühe machte.

»Simon. Ich bin Simon, und wir kennen uns vom Toten Winkel, Bruder Gulo. Ich war bei dieser, äh … Bibersache dabei.«

Der Mann sah mich verständnislos an. Er schien nicht nur sehr lange nicht gesprochen, sondern seinen Kopf auch sonst nicht übermäßig benutzt zu haben.

»Der Biber mit dem Goldfell«, versuchte ich es weiter. »Er hat Sie gebissen.«

»Ach ja, der Biber. Elendes Mistvieh. Hatte ich schon ganz vergessen. Kein Wunder, ich habe seit vier Tagen Fieber. Grippe – mitten im Sommer. So was gibt es manchmal, haben die im Krankenhaus gesagt. Kann ich aber niemandem empfehlen. Ist die verdammte Hölle.«

So wie Gulo fluchte, hatte er nicht nur die Begegnung mit dem Tier vergessen, sondern auch seine Rolle. Vor uns stand eben doch nur ein fiebriger Bernd Stracke, nicht der fette Mönch.

»Ich muss mich setzen«, keuchte er. Gulo drehte sich um, ging ein paar wackelige Schritte ins Wohnzimmer und sank auf einen Sessel. Uzi schob mich in seine Richtung. Dann schloss sie die Wohnungstür hinter sich und folgte mir.

»Zwei Wochen soll ich zu Hause bleiben, haben sie gesagt. Wird wohl auch nötig sein.«

»Eine Woche«, meldete sich Uzi zu Wort.

Stracke/Gulo sah sie an, als hätte er sie erst jetzt entdeckt.

»Im Krankenhaus haben sie gesagt, eine Woche Bettruhe«, erläuterte sie unbeirrt.

»Echt? Keine Ahnung, ich kann mich nur noch erinnern, dass ich eine Nacht im Krankenhaus geschlafen habe. Dann haben die Ärzte mir einen Haufen Pillen in die Hand gedrückt und mich in ein Taxi nach Hause gesetzt. Nein, nicht die Ärzte, sondern die Herren Rotten haben mir zwei Wochen freigegeben. Die waren ganz besorgt, dass ich den Rest der Belegschaft anstecke. Ist ja nicht so weit her mit der medizinischen Versorgung auf unserer Baustelle. Da muss das Fieberthermometer schon nördlich von 40 ausschlagen, dass man seine ganzen Hoffnungen nicht mehr in die Tinkturen von dieser Quacksalberin Theophraste setzen muss, sondern ins 21. Jahrhundert zurückdarf.«

Ich war verwirrt. Irgendwie passte diese Geschichte nicht zu dem, was die Rottens unserer Belegschaft erzählt hatten. Während ich Gulo einfach nur mit halb offenem Mund anstarrte, tat Uzi das, was furchtlose Mädchen in so einer Situation eben tun. Sie fragte nach.

»Moment mal! Wie jetzt, die Rottens haben Ihnen freigegeben?«

»Klar«, keuchte Gulo. »Waren gestern erst hier.«

»Die Rottens?«, fragte Uzi. »Sind Sie sicher, dass das kein Fiebertraum war?«

»Hundertpro. Die wissen nämlich, was sich gehört.« Gulo hob matt die Hand in Richtung Beistelltisch und deutete auf einen Präsentkorb, aus dem eine armdicke Salami ragte. Vom oberen Zipfel baumelte eine Grußkarte. Ich trat einen Schritt näher und sah, dass der Korb außerdem mit etlichen bunten Flaschen gefüllt war. Ich erkannte sie sofort: Limonade aus dem Hause Rotten. Dann las ich die Karte: Gute Besserung wünschen C & C.

Ich räusperte mich. »Uzi, er sagt die Wahrheit.«

11. KAPITEL
DIE KLOPAUSE

DIENSTAG, 9. JULI, AM NACHMITTAG

Als wir nach unserem Krankenbesuch wieder auf dem traurigen Grasstreifen vor dem Haus in der Pökelallee standen, wussten wir nicht weiter.

»Von wegen Quarantänestation!«, schnaubte Uzi, während sie ihr Rad aufschloss. »Simon, verstehst du das? Die Rottens behaupten, Gulo habe Biberfieber, und in Wirklichkeit hat er nur Grippe. Was soll das?«

»Keine Ahnung. Aber wahrscheinlich hatten wir recht, und die Biber am Toten Winkel sind gar nicht krank.«

»Aber wieso stellen sich die Rottens vor die versammelte Mannschaft und tischen allen so eine Geschichte auf? Wollen sie uns alle gegen die Biber aufwiegeln?«

Das zumindest klappte bisher ganz gut. Ich musste an Meister Götz denken und seine Wut auf die »miesen Viecher«.

»Simon, warum machen die das?«

»Ich weiß es nicht. Komische Typen, diese Rottens. Was erzählt denn deine Mutter so über sie?«

»Nichts.«

»Weißt du sonst irgendwas von denen?«

»Nur, dass sie viel Geld in das Burgprojekt gepumpt haben und weiter pumpen. Aus welchen Gründen auch immer.«

»Sind wohl Mittelalterfans«, mutmaßte ich.

»So was soll es ja geben«, lächelte Uzi und zwinkerte mir zu. Unsere Blicke trafen sich, und in meinem Bauch spürte ich ein komisches Kribbeln.

Dann gingen wir schweigend die Straße entlang Richtung Innenstadt. Von Uzis Gepäckträger hatte ich genug, also schob sie ihr Rad neben mir her.

Ich dachte nach. Uzi hatte recht, es gab Mittelalterfans. Zum Beispiel mich. Wenn Meister Götz mir erklärte, wie man vor 800 Jahren Brennöfen baute und worauf man bei deren Betrieb besonders achten musste, vergaß ich die Zeit um mich herum. Wenn der Steinmetz mir seine Tricks zeigte, um unförmige Felsblöcke mit Hammer und Meißel so in Form zu bringen, dass damit Stein für Stein großartige Bögen und Gewölbe entstehen konnten, fühlte ich mich augenblicklich in die Vergangenheit versetzt. Ich war fasziniert davon, wie die Menschen früher lebten. Ohne Motoren, ohne Strom. In diese Welt wollte ich am Toten Winkel eintauchen. Darum trug ich ja auch meine bescheuerten Klamotten. Und selbst wenn das Essen gewöhnungsbedürftig war – auch das war ein Erlebnis, und ich war froh, dabei zu sein.

Aber die Rottens? Ich hatte bisher nicht beobachtet, dass sie so etwas wie Begeisterung gezeigt hätten. Beim Essen hatte ich sie noch nie gesehen. Ihre Besuche waren kurz, und sie redeten nie mit dem

Schmied, mit Truschel oder den anderen Experten. Interessierten sie sich überhaupt für deren Wissen?

Uzi brach das Schweigen. »Und jetzt?«

Plötzlich wusste ich, was zu tun war. »Uzi, lass uns doch mal sehen, was wir über diese Brauseburschen herausfinden können.«

»Okay. Wo und wie?«

»Vielleicht in der Bücherei? Dort haben wir Internet und Zugriff auf das Online-Archiv der Stadtzeitung.«

»Gute Idee«, grinste Uzi. »Und ziemlich fortschrittlich für einen angehenden Minnesänger.«

Zwanzig Minuten später saßen wir vor einem Computer in der Stadtbibliothek. Und eine Stunde später hielten wir einen kleinen Stapel ausgedruckter Seiten in Händen. Inhalt: Alles, was das Netz über Cay und Christian Rotten hergab. Von dem Ergebnis war ich allerdings enttäuscht. Zum Beispiel die Webseite der Limonadenfabrik. Hier stand, dass Cay und Christian »Limo aus Leidenschaft« machten. Bei der Firma Rotten-Limo gab es 32 Angestellte und 15 Geschmacksrichtungen. Zuletzt füllte der Laden jährlich acht Millionen Flaschen ab. Und so weiter, und so fort.

In der Stadtzeitung fanden wir einen Artikel, der im Gründungsjahr der Firma erschienen war:

Rotten-Limo geht an den Start

Cay und Christian Rotten sind guter Dinge. Viele Monate lang haben sie mit Zutaten experimentiert, am Geschmack getüftelt und an der Ver-

packung gefeilt. Jetzt gehen sie mit einer neuen Bio-Limonadenkreation an den Start. Die Drinks gibt es ab jetzt im gut sortieren Lebensmittelhandel.

In dem Text stand außerdem, dass die Brüder das Fabrikgelände einst von ihrem Vater Curt Rotten übernommen hatten, der auf dem Grundstück unter dem Namen »Klokemo« Rohrreiniger und Kloputzmittel herstellte. Seine Firma war kurz vorher pleitegegangen.

Außerdem hatten wir einige neuere Artikel entdeckt:

Rotten-Limo wird Mittelalter-Sponsor – Gebrüder Rotten wollen Burgbau für zehn Jahre fördern

(Interessant, aber das wusste ich bereits.)

Rotten-Limo stellt neue Mitarbeiter ein – Brause-Verkäufe steigen weiter

(Das war mir neu, und ich fand es beruhigend. Immerhin stand hier schwarz auf weiß, dass die Rottens wirklich schwerreich waren und es ihrem Unternehmen gut ging. Das war super für unsere Burg, die Finanzierung war gesichert.)

Neue Limonaden sollen Burgbau fördern

Rotten-Limo bringt »Burgfräulein-Brause« (Himbeer-Litschi) und »Raubritter-Trunk« (Schwarze Johannisbeere) auf den Markt. Ein Teil des Erlöses geht an die Burg.

(Hier las ich, dass Rotten-Limo spezielle Burg-Getränke herausgebracht hatte, nachdem die Brüder den Vertrag zur Finanzierung unterschrieben hatten. Auch das wusste ich schon. Der Ritter-Trunk war schließlich seit Langem meine Lieblingslimo.)

Christian Rotten: »Die Burg wird toll!« – Der Geldgeber im Interview

(Hier erzählte Christian Rotten – natürlich sehr langatmig – davon, wie großartig er den Burgbau und das Mittelalter fand, und wie gut Uzis Mutter für den Job als Bauleiterin geeignet war. Bla, bla, bla.)

Zuletzt fischte Uzi noch eine letzte kleine Meldung aus dem Zeitungsarchiv, aber die war auch nicht weiter erhellend:

Polizeieinsatz wegen Schaumbildung

Bei Rotten-Limo, einem jungen Unternehmen auf dem Gelände der ehemaligen Klokemo-Fabrik, riefen am vergangenen Wochenende Anwohner die Polizei zu Hilfe. Der Grund: starke Schaumentwicklung auf dem Gelände. Zeugen berichteten außerdem von unerträglich intensivem Waldmeistergeruch. Die Polizei ermittelt noch, wie es zu dem Vor-

fall kommen konnte. Ein Sprecher der Firma Rotten-Limo wollte den Fall nicht kommentieren.

Uzi verstaute die Ausdrucke in ihrer Tasche. Dann verließen wir die Bücherei.

Unsere Recherche hatte uns nicht sonderlich weitergebracht. Was blieb, war die rätselhafte Lüge der Gebrüder Rotten. Biberpest. Was sollte das? Was führten Cay und Christian Rotten im Schilde? Ich hatte nicht die leiseste Ahnung. Außerdem wusste ich nicht, wie ich Truschel erklären sollte, warum ich die letzten fünf Stunden auf dem Klo verbracht hatte. Bestimmt würde es Ärger geben.

12. KAPITEL
DIE ERPRESSUNG

DIENSTAG, 9. JULI, AM SPÄTEN NACHMITTAG

Am späten Nachmittag setzte Uzi mich wieder am Toten Winkel ab und radelte nach Hause. Sie wollte ihrer Mutter so schnell wie möglich erzählen, was wir heute Nachmittag herausgefunden hatten. Und ich? Ich wollte mich unauffällig ins Zelt zum Abendessen schleichen, und mich dann, möglichst unsichtbar, in eine stille Ecke setzen. Wenn Truschel mich nicht zu Gesicht bekäme, würde er bestimmt vergessen, dass ich heute stundenlang abgetaucht war.

Kein besonders toller Plan, ich weiß. Und natürlich funktionierte er nicht.

Truschel fing mich schon vor dem Zelt ab. »Komm mal mit«, sagte er ernst und führte mich ein paar Schritte beiseite. Ich bekam ein ungutes Gefühl im Magen. »Gräben ausheben ist nicht so dein Ding, oder?«, begann der Sänger.

»Wieso?«, fragte ich. Ich setzte mein scheinheiligstes, unschuldigstes Gesicht auf. Es brachte nichts.

»Simon«, sagte Truschel. »Du warst den ganzen Nachmittag verschwunden. Das ist nicht in Ordnung.«

»Tut mir leid«, quetschte ich hervor.

»Ich hätte mir wirklich ernsthafte Sorgen gemacht« – Kunstpause – »wenn ich nicht Bescheid gewusst hätte, wo du steckst.«

Auweia! Wusste Truschel etwa, dass ich im Krankenhaus gewesen war? Bei Gulo? Und in der Bücherei? Ich starrte ihn nur an.

Truschel lächelte schief. »Tja, da hat es dir die Sprache verschlagen, was? Ich habe natürlich gesehen, mit wem du unterwegs warst. Und ich verstehe sehr gut, dass ihr manchmal ungestört sein wollt.«

»Wieso ungestört?«, fragte ich. Ich verstand noch immer nichts.

»Ach Simon, du musst das jetzt nicht abstreiten. Die Utzgard ist wirklich ein tolles Mädchen. Ist schon okay, wenn da was zwischen euch läuft. Ich habe nun mal gesehen, wie ihr zusammen im Wald verschwunden seid.«

Ich wäre am liebsten an Ort und Stelle im schlammigen Boden versunken. Wie peinlich! Dachte er wirklich, ich hätte mehrere Stunden lang mit Uzi im Wald … was eigentlich: Händchen gehalten? Rumgeknutscht?

»Ähem, das ist jetzt nicht so, wie du denkst!«, protestierte ich.

Truschel war ein schräger Typ, aber kein Fiesling. Er sagte: »Du musst nicht darüber reden. Aber wenn du nächstes Mal für längere Zeit verschwinden willst, gibst du mir vorher Bescheid. Und natürlich kannst du den Toten Winkel nicht auf eigene Faust verlassen. Das weißt du ja, du bist hier im Praktikum und stehst unter meiner Aufsicht. Ich hoffe, ihr wart so klug, auf dem Grundstück zu bleiben. Das ist wichtig, allein wegen der Versicherung. Ist zwar so gar nicht mittelalterlich, aber wir müssen auf solche Dinge achten. Das ist wie mit den Bauhelmen und Feuerlöschern. Passen nicht ins Bild, müssen aber sein.«

Ich sagte nichts. Truschel hatte eindeutig falsche Vorstellungen davon, wie ich meinen Tag verbracht hatte. Trotzdem war ich erleichtert: Ich hatte von ihm ein Donnerwetter mit Sturmflut erwartet, mindestens. Was gekommen war, glich eher einem sommerlichen Nieselregen.

»Komm zum Essen! Es gibt Brechbohnenbrei mit Hirsefladen«, wechselte Truschel das Thema unvermittelt. Der Fall schien für ihn abgehakt. »Und dann bringe ich dir bei, wie wir Barden Liebeslieder dichten. Minnesang vom Feinsten, das wird dir gefallen.« Er legte den Arm um meine Schulter und stapfte los, dabei röhrte er wie ein Nebelhorn in mein Ohr: »Glü-hü-cklich die Stunde, als sie in mein Leben geko-hommen.«

Oh Mann!

Und er war noch nicht fertig: »Die mich an Körper und Seele bezwu-hungen …«

Auf dem Weg zum Essenszelt bemerkte ich Julia von Ebersau. Sie lehnte in der niedrigen Tür der Bauleiterinnenhütte, knetete ihre Federkappe in den Händen und blickte irgendwo ins Nirgendwo, als würde sie auf etwas warten. Uzis Mutter war also gar nicht nach Hause gefahren, wo Uzi auf sie lauerte, um ihr unsere Erkenntnisse mitzuteilen. In dem Augenblick, als wir das Zelt betraten, sah ich noch zwei weitere Gestalten. Sie steuerten genau auf die Hütte zu. Ein Schauder lief mir über den Rücken, als ich die Männer erkannte: Cay und Christian Rotten. Die drei begrüßten einander etwas steif mit

Handschlag und gingen hinein. Ich sah gerade noch, wie die Tür zuschlug, ehe Truschel mich ins Essenszelt schob.

Meine Gedanken flogen durcheinander wie ein Mückenschwarm im Zeitraffer: Was hatte Uzis Mutter mit den Limomännern hinter verschlossener Tür zu besprechen? Die Rottens hatten uns alle belogen – steckte Uzis Mutter womöglich mit ihnen unter einer Decke? Das musste ich irgendwie herausfinden.

Allerdings hatte ich keinen Schimmer, wie ich so kurz nach Truschels Standpauke schon wieder von der Bildfläche verschwinden sollte. Außerdem hatte ich riesigen Hunger. Selbst Brechbohnenbrei klang gerade nach Schlaraffenland. Kein Wunder, schließlich war schon die Mittagsmahlzeit an mir vorbeigegangen. Essen war also ein guter Plan.

Ich futterte meinen Hirsefladen, so schnell ich konnte, und bemühte schließlich wieder meine Top-Ausrede vom Vormittag: Klobesuch. Dann schlüpfte ich aus dem Zelt, rannte zur Bauleiterinnenhütte und hoffte, rechtzeitig zu Truschels Lektion in Liebesliedern wieder zurück zu sein.

Die Hütte war natürlich auch ganz nach mittelalterlichen Plänen erbaut worden: Die Wände aus Weidengeflecht, das mit Lehm verputzt war. Die Tür aus Holz. Vor allem aber: die Fenster bloße Leinentücher, die in die Rahmen gespannt waren.

Glas konnten sich früher nämlich nur die Reichen leisten, Adlige, Kirchenleute und so was. Dass echte Scheiben fehlten, war mein Glück. So konnte ich mich unbemerkt unter das Fenster an der Rückseite der Hütte kauern und lauschen. Außer dem Brennnesselbusch, der dort wuchs, würde mich niemand sehen. Und auf dessen Schweigen konnte ich mich verlassen.

Also kauerte und lauschte ich.

Die Rottens fragten, wie es so liefe, mit dem Gräbengraben.

Uzis Mutter berichtete, dass ihr Team langsam zu bocken beginne. Zum Buddeln wären sie nicht an den Toten Winkel gekommen. Das Graben dauere ewig. Und so weiter, und so fort. Kurzum: Stimmungstief!

»Und wenn Sie, liebe Frau von Ebersau, doch noch mal den Einsatz der Bagger erwägen würden«, hakte einer der Rottenbrüder nach, die Stimme weicher als zerlassene Butter. Christian, nahm ich an. »Denn, wie sagt man so schön? Der Zweck heiligt ja bekanntlich die Mittel!«

Aber bei Uzis Mutter natürlich keine Chance: »Entschuldigen Sie, Herr Rotten, aber ich stehe zu meiner Entscheidung! Außerdem: Der Bau nimmt keinerlei Schaden, nur weil er kurzzeitig unter Wasser steht. Das ist solider Stein, kein Zuckerguss. Ein Bagger kommt nicht infrage! Das wäre unverzeihlich – und Hochverrat an unserem Projekt! Auch finanziell wäre es Selbstmord. Sie wissen so gut wie ich, dass wir die staatlichen Fördermittel nur bekommen, solange wir eine echte Mittelalterbaustelle bleiben. Also baggerfrei. Es sei denn, Sie wären bereit, Ihre Zahlungen zu verdoppeln. Dann kämen wir auch ohne Steuergelder aus.«

»Ausgeschlossen. Wir sind am Anschlag.« Punkt. Das musste Cay sein.

»Sehen Sie!« Die Bauleiterin klang ein bisschen triumphierend. Und so als wäre die Sache damit erledigt.

Aber da irrte sie sich gewaltig.

»Frau von Ebersau, wir verstehen Sie ja, nicht wahr?«, nun wieder Christian, noch immer butterweich, »aber wir können nicht tatenlos zusehen, wie die Biber alles überfluten. Wenn Sie also die Bagger ablehnen, gibt es nur noch eine einzige Lösung. Glücklicherweise spielt sie sich nicht direkt auf der Baustelle ab, und es geht auch ganz schnell. Sie werden also gewiss zustimmen können.«

Julia von Ebersau klang misstrauisch: »Ach ja?«

»Wir haben gedacht, möglicherweise wäre es ja sinnvoller, man würde das Übel an der Wurzel packen. Also das ist ja oft besser, als nur die Auswirkungen zu bekämpfen, und – «

»Biber weg!«, kürzte Cay die Ausführungen seines Bruders ab. »Wir stellen Wildfallen auf, aus verschweißtem Stahlgitter. Tiere einfangen. Dann Bolzenschuss-Apparat, Kopfschuss, Ende.«

Kopfschuss? Ich kippte fast aus den Sandalen und in die Brennnesseln.

»Genau!« In der Hütte redete Christian Rotten unbeirrt weiter: »Die Geräte kann man ganz einfach im Internet bestellen. Diese Bolzenschussapparate werden sonst bei Schlachtvieh eingesetzt. Das sind ganz moderne Hochleistungsgeräte. Und wenn die Biber damit erst erledigt sind, können wir problemlos ihre Dämme einreißen.«

»Seid ihr irre?«, brüllte ich – zum Glück nicht. Obwohl es mich einige Kraft kostete, den Aufschrei zu unterdrücken. Ich war entsetzt, die Typen hatten wohl nicht mehr alle Kerzen auf der Torte.

Aber Uzis Mutter lachte bloß. »Das soll wohl ein Witz sein! Kommt nicht in die Tüte!«

»Überlegen Sie, Frau von Ebersau, es würde so viel schneller gehen, als dieses qualvolle Gebuddel. Es wäre sicher auch besser für die Stimmung, nicht wahr? Und die Biber sind ja nun auch nicht so niedlich, wie wir anfangs alle dachten. Eher ein Wolf im Schafspelz, wenn man das bei Nagetieren so sagen kann. Sie sind hoch ansteckend, und sterben werden sie sowieso bald.«

»Das ist doch kein Grund, sie niederzumetzeln. Außerdem stehen sie unter Naturschutz, wie Sie wissen.« Julia von Ebersau klang ungeduldig. Ich konnte mir vorstellen, dass sie nach Hause wollte.

Ich dachte erst, die Diskussion sei jetzt vorbei. Aber da ergriff noch einmal Christian Rotten das Wort: »Wir sind durchaus der Meinung, dass das viele Wasser auf lange Sicht den Bau beschädigen wird.«

»Unsinn! Dafür gibt es keine Anhaltspunkte. Ich habe mich mit meinen Maurern und Steinmetzen beraten und sogar mit ein paar Architekten gesprochen. Keiner sieht dauerhaften Schaden drohen. Die Überflutung wirft uns im Zeitplan zurück, das stimmt. Aber das gehört halt dazu, mit solchen Unbilden hatten meine Kollegen vor 800 Jahren auch schon zu kämpfen. Und noch mit viel mehr. Denen konnte schnell mal ein Krieg oder eine Hungersnot den Zeitplan vermasseln. Das alles droht uns nicht. Also graben wir fleißig, leiten das Wasser früher oder später ab und lassen den Baugrund ordentlich durchtrocknen, dann geht es weiter. Wenn es gut läuft, verlieren wir nur vier Wochen. Bei einem Projekt, das 25 Jahre dauern soll, ist das ein überschaubarer Zeitverlust, würde ich sagen.«

»Frau von Ebersau, Sie sollten unsere Einwände ernst nehmen.«

»Und Sie sollten anerkennen, dass ich die Expertin bin.«

»Nur solange wir Sie dafür bezahlen.«

Stille. Ich konnte natürlich nicht sehen, was in der Hütte vor sich ging, aber ich schätze, Uzis Mutter starrte die Rottens einfach nur an.

»Ist das eine Drohung?«, fragte sie schließlich.

»Sagen wir so: Wenn Sie das Projekt auf solch leichtsinnige Weise gefährden, werden wir nicht tatenlos zusehen, wie Sie unser ganzes Geld in den Sand setzen, nicht wahr?« Die Butter in Christian Rottens Stimme war hart geworden. »Beziehungsweise in den Matsch!«

Uzis Mutter überging den müden Scherz kommentarlos: »Sie sind vertraglich gebunden.«

»Sie auch! Gefährden Sie die Burg, brechen Sie als Erste den Vertrag. Wir klären das gern vor Gericht«, sagte Cay Rotten.

»Sie haben uns ja schon davon überzeugt, dass Bagger keine Möglichkeit sind. Denn sonst sind die staatlichen Fördermittel futsch. Aber umgekehrt ist es leider so: Wenn Sie die Biber weitermachen lassen, ist unsere Unterstützung futsch! Wie du mir, so ich dir, wie man so schön sagt.«

Wieder herrschte Stille. Diesmal war ich dankbar, denn ich brauchte die Pause zum Denken. Obwohl Uzis Mutter davon überzeugt war, dass das Wasser dem Burgbau nicht schadet, wollten die Rottens aus irgendeinem Grund nichts davon hören. Vielmehr erpressten sie Julia von Ebersau jetzt, damit sie ihrem grausamen Plan zustimmte. Welchen Sinn sollte das denn ergeben?

»Frau von Ebersau, überlegen Sie sich die Sache gut. Und falls Sie sich die Finger nicht schmutzig machen wollen, beziehungsweise blutig, die schnelle Entfernung der Biber würden wir natürlich für Sie organisieren. Wie sagt man so schön? Eine Hand wäscht die andere.« Christian Rotten holte kurz Luft, dann sprach er weiter. »Bedenken Sie außerdem, dass die Tiere erkrankt sind. Die Tularämie. Bald werden die Biber einen qualvollen Tod sterben. Sehen Sie es einfach so: So ein Bolzenschuss verkürzt ihre Leiden.«

Stille. Dann, nach gefühlten zwei Stunden, die Stimme der Burgherrin. »In Ordnung«, sie klang ziemlich erschöpft. »Die Biber kommen weg. Aber nur unter einer Bedingung.«

Ich hielt den Atem an.

»Das Ganze muss so ablaufen, wie es auch vor 800 Jahren hätte passieren können. Keine Bolzenschuss-Apparate! Keine Stahlfallen!«

»Was dann?«, fragte Cay Rotten.

»Wir blasen zur Biberjagd und stellen die Tiere mit Pfeil und Bogen, Speeren, Armbrüsten. Und ein Teil meiner Leute arbeitet während der Vorbereitungen weiter an den Wassergräben.«

Noch einmal Stille. Dann sagte eine Männerstimme: »Einverstanden.«

Kurz darauf verließen die drei die Hütte und verschwanden in Richtung Parkplatz.

Und ich verfluchte die Baustellenregeln. Mittelalter erleben, schön und gut. Aber was hätte ich in diesem Moment für mein Handy gegeben!

13. KAPITEL
DER SCHLACHTRUF

MITTWOCH, 10. JULI, AM MORGEN

Am nächsten Morgen schlurfte ich wieder ins Essenszelt. Auf den Tischen waren Körbe verteilt, in denen dicke, braune Brotlaibe vor sich hin dufteten. Ich verdrückte mich in die dunkelste Ecke. Noch war kaum jemand da, vor allem nicht Truschel. Und dem wollte ich so lange wie möglich aus dem Weg gehen. Das mit dem Liebesliederdichten hatte gestern natürlich nicht mehr geklappt. Als ich von meiner Lauschaktion an der Hütte der Bauleiterin ins Essenszelt zurückgekehrt war, war der Sänger nicht mehr da gewesen. Wahrscheinlich hatte er meine fadenscheinige Ausrede durchschaut.

In diesem Moment ertönte ein helles Lachen. Als ich aufsah, stand dort – Uzi. Sie scherzte mit einem der Maurer, erblickte mich und winkte strahlend zu mir herüber.

Einen Moment später schwang sie sich neben mich auf die Bank und griff gierig in den Brotkorb. »Boah, das sieht ja lecker aus! Ich darf doch, oder?« Ohne meine Antwort abzuwarten, brach sie sich ein ordentliches Stück ab. Sie blickte etwas ratlos den Tisch auf und ab und mir dann direkt ins Gesicht.

»Schokocreme?«, fragte sie und wedelte mit dem Brotkanten vor meiner Nase herum.

»Kommt später«, erwiderte ich.

Enttäuscht ließ sie die Hand sinken.

»In ungefähr 300 Jahren. Wir müssen warten, bis Kolumbus Amerika entdeckt hat. Fräulein Utzgard Chlothilde Eleonore von Ebersau sollten eigentlich wissen, dass Kakaobohnen von dort stammen. Die gab es …«

»… im Mittelalter nicht«, vollendete Uzi meinen Satz. »Klugscheißer. Und arme Wurst! Was ist denn ein Leben ohne Schokolade, bitte sehr?«

»Auch ohne Kartoffeln oder Tomaten übrigens. Sogar ohne Baumwolle.«

»Na, die schmeckt ja auch nur so mittelprächtig.«

Ich musste lachen. Dann wurde ich ernst: »Ich wollte dich gestern Abend noch ganz dringend anrufen.«

»Aber das Telefon war noch nicht erfunden. Echt blöd. Ich wollte nämlich auch mit dir reden. Weil ich ja mit meiner Mutter hatte sprechen wollen. Hat allerdings eine Weile gedauert, die war gar nicht zu Hause, als ich kam.«

»Ich weiß.«

»Echt? Woher denn?«

An dieser Stelle wollte ich Uzi eigentlich erzählen, was gestern passiert war. Von meinem Lauschangriff. Doch plötzlich kam Unruhe auf. Götz, unser Töpfer, stiefelte mit großen Schritten ins Zelt und schlug mit der Faust auf den nächstbesten Tisch. Es schepperte, als wäre seine Hand aus Eisen. Er brüllte: »Verflucht noch eins! Da hat es mal eine Nacht nicht geregnet, und was passiert? Das Wasser steigt! Da haben wir gestern einen ganzen Tag nichts getan als Gräben auszuheben, und was passiert? Das Wasser steigt trotzdem weiter, jetzt steht es schon auf acht Uhr dreißig an dem verfluchten Wagenrad! Das wird mir zu dumm. Die Einzigen, die hier am Ende eine Burg bauen, sind die Biber. Die können das besser als wir! Mistviecher!« Noch einmal ließ er seine Faust auf den Tisch poltern, dass die Brotkörbe und Tonkrüge kleine Hüpfer machten. »Mistviecher«, schnaubte er wieder, dann ließ er sich auf eine Bank fallen.

Ein anderer Mann erhob sich und ging auf Götz zu. Mit Entsetzen erkannte ich, dass es Truschel war. Aber er beachtete mich nicht. »Götz, mein Guter, komm mal ein bisschen runter«, wandte der Sänger sich mit sanfter Stimme an den Töpfer. »Wir haben mit dem Graben doch gerade erst begonnen. Das dauert eben.«

»Das ist mir egal. Scheißegal sogar. Es fehlen nur noch ein paar Zentimeter ...«

»Fingerbreit«, berichtigte ihn Truschel.

In Zentimetern wurde hier nämlich nicht gerechnet, sondern in Fingern, Fuß, Schritten. War aber vielleicht nicht der richtige Moment, darauf hinzuweisen. Götz fauchte: »Halt den Schnabel, ich muss mich nicht von einem verpeilten Lautenspieler belehren lassen! Hast du eigentlich schon irgendwas Bleibendes zu unserem Projekt hier beigetragen?« Götz holte Luft und setzte neu an: »Jedenfalls, es fehlen nur noch ein paar Fingerbreit«, bei dem Wort funkelte er Truschel böse an, »und der Brennofen läuft auch voll. Dann war es das mit Rohren, Ziegeln und so weiter. Und wenn der nächste Krug kaputtgeht, gibt es eben keinen neuen.«

»Das wäre gar schröcklich!« Theophraste schlug sich die Hände vors Gesicht, als würde sie sonst den Weltuntergang mit ansehen müssen. »Wo soll ich dann meine Heilsalbe lagern? Grad gestern rührte ich eine Paste aus Schwalbenkot und Klettenkraut! Tiegel und Krüge brauch ich dafür. Weh uns, wenn es daran mangelt! Dann kann ich niemanden mehr heilen! Warum unternimmt unsere Burgherrin denn nichts?«

Und dann ging es los, alle redeten durcheinander. Das ganze Zelt, in dem sich mittlerweile bestimmt fünfzehn, zwanzig Menschen befanden, war in Aufruhr. Ich verstand nur noch einzelne Fetzen:

»Die wollte die Bagger ja nicht.«

»Recht hat sie!«

»Nein, hat sie nicht!!«

»Hat sie wohl!!!«

»Hat sie nicht!!!!«

»Alles Quatsch, wir müssen das Problem an der Wurzel packen.«

Als ich schon dachte, das würde jetzt nie mehr aufhören, geschah etwas Sonderbares. Die gesamte Belegschaft verstummte und wandte die Blicke beinahe ehrfürchtig zum Zelteingang. Was immer dort war, es reichte, dass alle ein Stück zur Seite traten und eine Art Gasse bildeten. Als kämen Papst und Kaiser höchstpersönlich zu Besuch. Uzi und ich stellten uns auf unsere Bank, um besser sehen zu können.

Es war natürlich nicht der Papst. Auch nicht der Kaiser.

Es waren zwei Männer in groben Jacken, unrasiert, das Haar schulterlang: unsere Brausebarone.

»Ich glaube, ich weiß, was die wollen«, raunte ich Uzi zu.

Bevor ich weiterreden konnte, stupste sie mich an: »Schau mal, wer noch da ist.«

Im Zelteingang stand der jüngste Spross der Rottens: Colin, der Collie. In den Händen hielt er sein Handy, das ihn mal wieder erheblich mehr zu interessieren schien als die Welt um ihn herum. Heute trug er eine goldene Sonnenbrille, deren riesige Gläser in allen Farben des Regenbogens schimmerten. Er sah aus wie eine Schmeißfliege. War ihm eigentlich gar nichts peinlich?

»Krasse Brille«, wisperte Uzi anerkennend.

Oh Mann! Aber Uzi trug ja auch feuerrote Jacken zu neongrünen Mützen, tröstete ich mich.

»Einen gesegneten Gruß ins Mittelalter«, begann Christian Rotten. »Wie sagt man so schön? Morgenstund' hat Gold im Mund! Mein Bruder und ich wollen gar nicht lange stören, nicht wahr? Wir möchten nur sichergehen, dass hier alles nach Plan verläuft und Sie sich hier an ihrem Arbeitsplatz wohlfühlen.«

»Wonach es nicht aussieht«, sprang Cay bei. »Eher nach Unzufriedenheit! Enttäuschung! Ratlosigkeit!«

»Ja, genau.« Nun wieder Christian. »Es gibt Probleme, hören wir?«

Dann Cay: »Was sind das für Probleme?«

Es entstand eine kurze Pause. Von unseren Leuten schien niemand so recht das Wort ergreifen zu wollen. Wer würde sich als Erster aus der Deckung wagen? Das konnte entscheidend sein.

Es war Götz. Der Töpfer stand auf, sein Kopf war hochrot. Wie Uzis Jacke. Es schien ihn eine Menge Kraft zu kosten, sich zu beherrschen. »Das Problem ist das Wasser, das hier bald die gesamten Arbeiten lahmlegen wird. Nicht nur, weil wir nichts anderes mehr tun, als Abflussgräben zu buddeln. Sondern weil bald mein Ofen absäuft. Weil die Hütten bald wie Hausboote fröhlich herumschwimmen werden. Das Problem ist auch, dass wir mit unseren Schaufeln und Hacken so gut wie nichts daran ändern. Und die Ursache des Problems?« Götz hielt inne, blickte mit weit aufgerissenen Augen im Kreis herum, ehe er die letzten Worte förmlich ausspie: »Die Ursache sind die verdammten Biber.«

»Die Biber.«

»Ja, die Biber. Solange die weiter den Fluss aufstauen, können wir doch buddeln, bis wir umfallen.«

Die Rottens sahen einander an. Täuschte ich mich oder huschte ein kurzes Grinsen über ihre Gesichter? Christian wandte sich wieder Götz zu: »Und was schlagen Sie vor?«

»Ich … keine Ahnung, aber am besten wäre es, die Viecher würden einfach verschwinden.«

»Das werden sie von allein natürlich nicht tun.« Christian Rotten blickte bedeutungsvoll in die Runde. »Da müsste man schon nachhelfen, nicht wahr?«

»Und von den Behörden ist keine Hilfe zu erwarten«, gab Cay Rotten zu bedenken.

Als hätten sie es einstudiert, übernahm sein Bruder wieder das Wort: »Aber im Mittelalter hätte man ja auch nicht darauf gewartet, dass die Behörden etwas tun. Also ich weiß nicht mal, ob es damals überhaupt Behörden gab. Das waren ja Zeiten, also – « Christian schien den Blick seines Bruders zu spüren. Diesmal unterbrach er sich lieber selbst, er wollte wohl nicht schon wieder abgewürgt werden: »Jedenfalls hätte man sich damals nicht so von einer Bande Nagetiere tyrannisieren lassen. Erst recht nicht, wenn diese Tiere eine Krankheit verbreiten.«

Ich hatte langsam eine Ahnung, wohin die Unterhaltung steuerte. Oder besser: Wohin die Brausebrüder sie lenkten.

Cay bestätigte meinen Verdacht: »Meine Damen und Herren, wenn Sie das Mittelalter wirklich aufleben lassen wollen, ist dies die Gelegenheit. Es gibt viele Wege, auf originalgetreue Weise die Biber zu entfernen. Hundertprozentig mittelalterlich. Schon vor 800 Jahren gab es Speere, Pfeile und Lanzen.«

»Moment mal!«, mischte sich Theophraste ein. »Wollen Sie sie damit verscheuchen? Oder etwa …«, sie fasste sich an den Hals, »… töten?«

Cay Rotten hob die Hände. »Nun, die Biber sind doch ohnehin todkrank, wie wir alle wissen. Für sie ist es eine gute Lösung, wenn wir eingreifen. Ihre Leiden werden dadurch verkürzt.«

Uzi knuffte mich in die Seite. »Spinnt der?«, flüsterte sie.

Ich schüttelte den Kopf.

»Nehmen Sie Ihr Schicksal in die Hand!«, rief Christian nun, er klang wie ein Prediger. »Wie sagt man so schön? Jeder ist seines Glückes Schmied! Retten Sie diese Baustelle! Und erlösen Sie die Biber von ihren Leiden!«

Im Zelt herrschte Stille. Wahrscheinlich trauten viele ihren Ohren nicht. Doch Götz biss an: »Gute Idee! Dann helfen wir uns eben selbst. Schluss mit Buddeln, ich sage, wir gehen auf Biberjagd!«

Es dauerte einen kleinen Moment. Doch dann ging es los, erst schüchtern, bis bestimmt das halbe Zelt den Schlachtruf wiederholte, im Chor und mit jedem Mal lauter: »Biberjagd, Biberjagd!«

Uzi und ich sahen einander entsetzt an. Selbst Colin hatte von seinem Handy aufgeschaut und beobachtete mit einigem Erstaunen, was hier gerade geschah. Auch Truschels und mein Blick begegneten sich. Der Sänger hob nur ratlos die Schultern. Truschel war gegen die Jagd, das sah ich ihm an. Aber er hatte hier gerade nichts zu melden, die Rottens übernahmen das Kommando.

Die Brausebrüder bestimmten, dass sich die Burgbauer in Gruppen einteilen sollten. Während die einen weitergraben würden, um die Flut noch ein bisschen im Zaum zu halten, würden die anderen den Jagdzug vorbereiten. Denn der sollte ja »originalgetreu« durchgeführt werden. Mit Pfeil und Bogen oder Speeren – Gerätschaften, die es bislang auf unserer Baustelle nicht gab. Arno, der Schmied, wurde dazu verdonnert, Pfeilspitzen zu schmieden. Der Korbflechter sollte Fallen herstellen. Auch Theophraste meldete sich. Sie wollte Karotten mit einem Schlafmittel aus Mohn, Veilchenöl und Wermutkraut präparieren und wie Köder auslegen. Knabberten die Biber daran, würden sie alsbald wegdösen und ihr grausiges Schicksal selig verschlafen. »Ihr guten Leute, ich bitte euch, lasst wenigstens dieses Quäntchen Mitleid walten mit Gottes Kreaturen«, sagte sie.

Zum Schluss baten die Rottens noch um Verschwiegenheit. Weil die Biber ja eigentlich unter Naturschutz stehen. Dann verließen alle das Zelt. Selbst Truschel und die wenigen anderen, die nicht ganz überzeugt schienen von dem irren Plan. Zurück blieben Uzi und ich und die duftenden Brote, die kaum jemand angerührt hatte.

»Ich glaub's einfach nicht.« Uzi schüttelte fassungslos den Kopf. »Das können die doch nicht machen! Meine Mutter wird das nie erlauben!«

»Hat sie schon.«

»Woher willst du das wissen?«

»Die Rottens haben ihr bereits gestern Abend den Vorschlag gemacht, die Biber abzumurksen. Ich habe das Gespräch belauscht. Deine Mutter war dagegen. Aber dann haben sie sie erpresst.«

»Wie bitte?«

»Sie haben gesagt, wenn deine Mutter nicht zustimmt, bezahlen sie den Burgbau nicht mehr.«

»Mensch, Simon, warum erzählst du das erst jetzt?«

»Sehr witzig, wann hätte ich das in der letzten halben Stunde denn bitte tun sollen?!«

»Meine Mutter erlaubt also diese Jagd? Echt?«

»Ja. Das war eigentlich ihre Idee. Die Rottens wollten erst modernere Mordmethoden anwenden. Sie hat darauf bestanden, dass eine mittelalterliche Jagd daraus wird. Und was hat sie eigentlich gestern Abend gesagt?«

»Wozu?«, fragte Uzi.

»Na, du wolltest ihr doch erzählen, dass wir bei Gulo zu Hause waren. Und dass er nur Grippe hat.«

»Ach so, stimmt. Habe ich auch. Sie hat irgendwie gar nicht richtig zugehört. Jetzt weiß ich auch, warum: Wenn die Rottens sie kurz davor erpresst haben, hatte sie wahrscheinlich anderes im Kopf.«

»Hat sie denn irgendwas dazu gesagt?«

»Sie glaubt, der Gulo hat sich die Geschichte mit der Grippe bestimmt ausgedacht, weil ihm die Wahrheit peinlich ist. Dass er Biberpest bekommen hat, nur weil er blöd genug ist, sich von so einem Viech anknabbern zu lassen!«

Wir schwiegen einen Moment. Uzi schob sich gedankenverloren ein Stück Brot in den Mund.

»Denkst du, das könnte stimmen?«, fragte ich nachdenklich.

Sie schüttelte langsam den Kopf. »Ist dir eigentlich auch aufgefallen, dass die Rottens gesagt haben, die Jagd ist für die Biber das Beste, weil sie ihre Leiden verkürzt?«

Das stimmte, das hatten sie gesagt. Und das war nun tatsächlich verwirrend. Denn wenn die Biber in Wirklichkeit gar nicht krank waren, dann gab es auch keine Leiden, von denen man sie erlösen müsste.

Ich sagte: »Uzi, deine Mutter ist jetzt die Einzige, die uns helfen kann.«

Uzi seufzte: »Ich fürchte aber, sie ist im Moment nicht zurechnungsfähig. Sonst hätte sie ja diese irre Biberjagd nicht erlaubt.«

»Lass uns trotzdem noch mal mit ihr reden.«

Das taten wir dann auch. Uzi spielte mit ziemlich offenen Karten. Sie gab zu, dass ich, rein zufällig natürlich, mitbekommen hätte, dass die Rottens sie zu der Biberjagd zwangen. Wir erklärten ihr noch einmal genau, warum wir glaubten, dass die Biber kerngesund waren, weil nämlich

- tularämiekranke Biber sich ganz anders verhalten.
- die Diagnose Grippe ja nicht nur von Gulo stammte, sondern uns auch im Krankenhaus so mitgeteilt worden war.

Aber die Bauleiterin wollte »die Sache nicht so aufbauschen«, so ihre Worte. Sie sagte: »Ich kann mich jetzt nicht auch noch um irgendwelche Krankheiten kümmern. Und um die Biber müsst ihr euch keine Sorgen machen. Ihr werdet sehen, denen wird kein Haar gekrümmt. Mit Pfeil und Bogen umzugehen, ist eine Kunst! Das kann hier keiner. Darum habe ich darauf bestanden, mit mittelalterlichen Methoden zu jagen. Das müssen die Leute ja erst einmal lernen, das dauert. Bis da überhaupt die ersten Pfeile fertig geschmiedet sind, ist unsere Baustelle längst trockengelegt. Und dann fällt die Sache sowieso aus.«

Ich hatte meine Zweifel.

An diesem Abend lag ich wach bis spät in die Nacht und grübelte. Eine Biberjagd verhindern – das hatte ich in meinem zwölfjährigen Leben noch nie gemacht. Uzi bestimmt auch nicht. Wie sollten wir das anstellen? Auf jeden Fall konnten wir nicht warten, bis die Waffen fertig waren: Ich hatte keine Lust, mich mit Leuten anzulegen, die mit Pfeilen und Speeren herumhantierten. Wir mussten die Sache also stoppen, bevor sie richtig ins Rollen kam. Allerdings fürchtete ich, dass ein Ferienpraktikant bei den Rottens nicht besonders viel ausrichten konnte. Es gab wahrscheinlich nur noch einen einzigen Menschen, der uns helfen konnte …

14. KAPITEL
FRAU STRACKE

DONNERSTAG, 11. JULI, AM MORGEN

Uzi und ich waren zum Frühstück verabredet, und zwar an der Pferdekoppel, damit niemand uns belauschen konnte. Ich machte einen Umweg, quer durch das Essenszelt. Diesmal saß Truschel schon am Tisch. Ich ging zu ihm und raunte ihm leise ins Ohr: »Ein holdes Mägdelein erwartet mich zum Morgenmahl im Grase.«

Der Kopf des Sängers fuhr zu mir herum. »Bitte was?!«

»Ich frühstücke heute mit Uzi an der Koppel. Wir wollen ungestört sein.« Truschel zog skeptisch eine Augenbraue hoch. »Wir kümmern uns dann auch um die Pferde«, fügte ich schnell hinzu.

Truschels Züge entspannten sich. »Gut, das passt hervorragend. Uzi weiß ja, wo das Futter ist.«

Ich nickte. Dann schnappte ich mir noch ein frisches Brot aus dem Korb und trabte los.

Es war ein richtiger Sommertag, der erste, seit ich am Toten Winkel angefangen hatte. Keine Regenwolke am Himmel, und meine Sandalen waren zwar dreckig, aber ausnahmsweise trocken. Als ich am Gatter ankam, war Uzi schon da. Saladin und Löwenherz grasten auf der anderen Seite. Während sie fraßen, konnte ich ihre riesigen Zähne sehen. Uzi saß auf einer Picknickdecke, die mir nicht so richtig mittelalterlich vorkam: Das Teil war aus grell geblümtem Polyester und hatte eine silbrige Folie auf der Unterseite. Es knisterte, als ich mich daraufsetzte.

»Guten Morgen!«, strahlte Uzi. Ich beschloss, nicht über ihre Decke zu reden. Stattdessen legte ich das Brot zwischen uns. Uzi lächelte und zog ein Glas aus ihrem Rucksack – Schokocreme. Ich zögerte nur kurz, dann griff ich zu. Es war gigantisch. Meine seit Tagen von Schokolade entwöhnten Geschmacksnerven explodierten beinahe, und mir lief das Wasser im Munde zusammen. Ich sabberte wie eine Bulldogge vor der Wursttheke.

Dann erzählte ich Uzi von meinem Plan: Wir mussten auf dem Umweltamt anrufen und von der Biberjagd berichten. Ohne unsere Namen zu nennen, versteht sich. Aber mit genug Informationen, um die Behördenheinis in Sorge zu versetzen.

»Du willst also petzen?« Uzi sah nachdenklich aus. Ich hatte mehr Begeisterung erwartet. Schließlich war meine Idee genial.

»Genau. Petzen«, sagte ich. »Und so die Biber retten.«

»Und meine Mutter?«, fragte Uzi.

»Wieso deine Mutter?«

»Weil meine Mutter Ärger bekommt, wenn wir sie bei dieser Behörde anschwärzen.«

Daran hatte ich nicht gedacht. Kein Wunder, dass Uzi so zögerlich war, meinen Plan zu bejubeln. Aber ich wusste, dass mein Weg der richtige war.

»Uzi, noch hat niemand den Tieren etwas zuleide getan. Wenn jetzt diese Biberfrau hier aufkreuzt, dann wird sie nichts finden, das beweist, dass deine Mutter wirklich den Bibern ans Leder will. Aber es wird allen eine Warnung sein, dass sie die Jagd nicht so einfach durchziehen können. Weil die Behörde auf die Biber aufpasst. Und deine Mutter wird merken, dass sie Probleme bekommt, wenn sie die Sache nicht stoppt. Es ist das Beste. Für alle.«

Uzis Blick ruhte noch ein paar Sekunden auf mir. Sie zögerte. Doch dann: »In Ordnung.« Sie nickte und zog ihr Handy hervor. »Ich rufe an, ich klinge älter als du.« Ich wollte protestieren, aber dann schwieg ich. Schließlich war ich ganz dankbar, wenn Uzi das übernahm.

Sie suchte die Nummer des Umweltamts heraus und wählte.

»Guten Morgen, ich möchte mit der Biberbeauftragten sprechen«, sagte sie kurz darauf.

»Guten Morgen«, kam eine Stimme blechern aus dem Lautsprecher. »Die Biberbeauftragte ist im Moment nicht im Hause. Mit wem spreche ich denn bitte?«

»Äh …« Uzi sah mich Hilfe suchend an. »Stracke mein Name. Ich möchte Ihr Amt darauf hinweisen, dass an der Mittelalterbaustelle am Toten Winkel Biber misshandelt werden. Und ich möchte auf keinen Fall, dass Sie meinen Namen an die Baustellenleitung weitergeben. Sonst bekomme ich Probleme.«

»In Ordnung, Frau Stracke. Um welche Art Misshandlungen handelt es sich denn?« Die Stimme klang jetzt ernst.

»Man plant, die Tiere zu jagen. Mit Methoden des Mittelalters. Man legt dort ja viel Wert auf Originaltreue. Also: Pfeil und Bogen,

Speere und so. Das volle Programm. Die Vorbereitungen laufen auf Hochtouren.«

»Eine Biberjagd? Das ist doch verrückt! Aber diese Mittelalterfreunde sind ja sowieso … ich sage jetzt mal: recht speziell.«

»Yep!« Uzi nickte zustimmend und grinste mich an.

Die Stimme fuhr fort: »Da sollte unsere Biberbeauftragte wohl mal nach dem Rechten sehen.«

Volltreffer!

»Ja, das wäre gut«, sagte Uzi eifrig. »Wann könnte sie denn da sein?«

»Hm, heute hat sie Termine. Aber vermutlich morgen Vormittag, da würde es gehen.«

»Sehr gut! Sie muss unbedingt diese Jagd verhindern, bitte richten Sie ihr das aus. Es ist dringend.«

»Frau Stracke, danke für den Anruf. Falls wir noch Fragen haben, wie kann ich Sie dann erreichen? Unter der Nummer, die ich hier im Display sehe?«

Uzis riss den Mund auf, als wolle sie schreien. Daran hatten wir nicht gedacht: Jetzt hatte das Umweltamt ihre Nummer. Sie atmete hörbar aus, dann sagte sie schnell: »Ja klar, kein Problem. Bitte retten Sie einfach die Biber.«

Sie legte auf.

»Gut gemacht!«, lobte ich. »Du warst super, Frau Stracke!«

Uzi zuckte mit den Schultern. »Bis auf die Nummer mit der Nummer. Aber egal, Hauptsache, diese Biberfrau kommt morgen wirklich.«

»Bestimmt«, sagte ich. »Dann müssen wir unbedingt mit ihr reden.

Natürlich, ohne zu verraten, dass wir angerufen haben. Ganz unauffällig. Sonst erfährt sie womöglich gar nicht, was los ist.«

Den Rest des Vormittags verbrachte Uzi bei den Pferden, sie wollte ausreiten. Und ich trottete brav zurück zu Truschel. Der allerdings teilte mir leicht geknickt mit, dass meine Zeit als Bänkelsänger vorzeitig beendet wäre, Dringenderes stünde an. Leider. Ich solle mich bitte bei Meister Arno in der Schmiede melden.

Dort angekommen, erfuhr ich bald, was Arno heute zu tun hatte – und weshalb er außerplanmäßig Hilfe benötigte: Er stellte Pfeilspitzen her. Und ich? Ich wurde dazu verdonnert, den reisekoffergroßen Blasebalg zu bedienen, der die Glut in der Esse anfachte. Auf und ab. Pfffft. Pfffft. Pfffft. Stundenlang. Immer wieder auf und ab. Der Job war noch entschieden stumpfsinniger als Gräben ausheben, ich sehnte mich nach kürzester Zeit zurück in den Matsch. Und natürlich war ich gegen Pfeilspitzen, schließlich kannte ich deren Bestimmung. Aber ich wollte vorerst in der Deckung bleiben. Jetzt die Arbeit verweigern und protestieren? Das hätte die anderen misstrauisch gemacht. Nein, nichts riskieren. Nicht jetzt, wo wir einen so idiotensicheren Plan ausgeheckt hatten. Also hielt ich durch, bis die Glocke zur Mittagspause läutete und aus der Ferne Truschel sein Mittagslied sang:

Seht, ihr Leut', die Sonne brennt
Vom höchsten Punkt am Firmament
Und lädt uns ein für eine Stunde,
In der euch nun das Essen munde!

Als ich erleichtert die Hütte des Schmieds verließ, fiel mir sofort das Fahrzeug auf, das auf der Baustelle parkte. Erstens weil hier sonst nie Fahrzeuge parkten, mal abgesehen von unserem unfreiwillig abgestellten Pferdekarren. Und zweitens, weil ich es kannte: Es war der weiße Geländewagen der Biberbeauftragten. Sie war tatsächlich gekommen – nur leider einen Tag früher als angekündigt! Oh nein, waren wir etwa zu spät? Gerade ging die Frau mit Julia von Ebersau zu ihrem Wagen. Plaudernd. Die beiden sahen aus, als kämen sie von einem gemütlichen Sommerspaziergang. Die Biberbeauftragte in Shorts und Trekkingsandalen, die Bauleiterin in einem knielangen knallblauen Gewand und Lederstiefeln. Dann folgte ausgiebiges Händeschütteln. Oh Mann, die beiden sahen fast aus wie alte Freundinnen. Gleich würde die Frau wieder abfahren. Und ich hatte nicht den Hauch einer Chance, sie aufzuhalten! Selbst wenn: Wie sollte ich ihr von den irren Plänen der anderen erzählen, solange die Bauleiterin danebenstand? Und ohne preiszugeben, dass ich von der besorgten Anruferin wusste, wegen der sie überhaupt nur hier war? Es hatte keinen Sinn. Also sah ich nur hilflos zu, wie sie sich schwungvoll hinters Steuer setzte. Der Wagen fuhr an, dass es nur so spritzte. Mit ihm fuhren auch all meine Hoffnungen davon.

Da hörte ich Hufgetrappel.

Uzi kam herangaloppiert! Sie ritt mitten auf die Baustelle, wieder spritzte der Schlamm. Doch in dem Moment verschwand der weiße Geländewagen schon hinter der Kurve in Richtung Parkplatz.

Das Pferd fiel in Trab, dann Schritt und blieb schließlich vor der Bauleiterin stehen. Uzi hatte die Besucherin also auch bemerkt – und offenbar rechtzeitig eingesehen, dass eine Verfolgung zwecklos war. Oder schlimmer noch: unsere Mission gefährden konnte. Stattdessen schien sie nun mit ihrer Mutter reden zu wollen.

Als auch ich dort ankam, stieg Uzi gerade von Saladins Rücken. Oder war es Löwenherz? Keine Ahnung, ich konnte die Viecher einfach nicht auseinanderhalten.

»Mama, was wollte diese Biberbeauftragte denn schon wieder hier?«, fragte Uzi scheinheilig.

»Es gab wohl einen Anruf bei der Behörde! Unmöglich.«

»Wieso, worum ging es denn?«

»Die Dame war jedenfalls sehr besorgt um das Wohl der Biber, ganz genau hat sie das nicht sagen wollen. Oder dürfen.«

Das Pferd hob den Schweif und ließ geräuschvoll einen Haufen Pferdeäpfel in den Schlamm plumpsen.

Uzis Mutter fuhr ungerührt fort: »Die dachte, hier spielen sich ganz schreckliche Szenen ab. Sie hat darum sogar extra alle ihre Termine abgesagt und ist sofort hergekommen. Aber ich konnte sie davon überzeugen, dass hier alles in Ordnung ist. Habe sie persönlich über das Gelände geführt.«

Alles in Ordnung? Uzis Mutter hatte die Umwelttante eiskalt belogen. Fassungslos sah ich abwechselnd zur Bauleiterin und ihrer Tochter. Uzi war kalkweiß im Gesicht. »Mama, das ist nicht dein Ernst!«

Doch Julia von Ebersau strich ihr zärtlich über den Kopf: »Ach Utzgard, du weißt doch, dass ich keine Wahl hatte. Und jetzt muss ich mich wieder um meinen Job kümmern. Die Burg wartet.«

Und die Jagd, dachte ich. Aber da stapfte die Burgherrin schon mit schwingendem Gewand davon.

Unsere Chance war vertan.

15. KAPITEL
DIE PFEILSPITZEN

DONNERSTAG, 11. JULI, AM NACHMITTAG

Den ganzen Tag brannte nun schon die Sonne auf uns runter, als hätte sie etwas nachzuholen. An Stellen, wo das Wasser weniger tief stand, hatte es sich bereits annähernd auf Badewannentemperatur erwärmt. Unsere Zelte dampften die Feuchtigkeit der letzten Tage in den Himmel. Sollte noch irgendjemand auf der Baustelle herumlaufen, der dem Dauerregen der vergangenen Tage die Schuld für die Überschwemmung gab – spätestens jetzt musste er sein Urteil überdenken. Denn trotz Sonnenschein stieg das Wasser fröhlich weiter. Am Wagenrad stand der Pegel bei acht Uhr fünfundvierzig. Ein Teil unserer Mannschaft war darum seit Neuestem damit beschäftigt, Leinensäcke mit Sand zu füllen, um die Burg damit zu schützen. Das hatte Julia von Ebersau so angeordnet.

Uzi war bei den Pferden, trotz der Hitze. Mich hatte man wieder der Schmiede zugeteilt, wo Arno noch immer statt an Werkzeugen, Nägeln oder Türbeschlägen für den Burgbau am Waffenarsenal für die Biberjagd arbeitete. Oder besser: herumexperimentierte. Denn so einfach war es wohl nicht. Meister Arno hatte in den vergangenen zwei Stunden mehr geflucht als ich in meinem bisherigen Leben. Aber von mir hatte auch noch nie jemand verlangt, jagdtaugliche Pfeilspitzen zu schmieden – und zwar pronto und in ausreichender Stückzahl! Ich war nur der Dödel am Blasebalg. Und insgeheim natürlich sehr froh, dass die Ausbeute bislang ziemlich mau ausgefallen war. Die am wenigsten missratenen Stücke hatte ich auf Arnos Geheiß zusammengesammelt und in einen Lederbeutel gesteckt. Das Ganze übergab ich dann Götz, der sichtlich ungeduldig die erste Lieferung erwartete. Der Töpfer zog mit seiner Beute wieder ab, und der Schmied ließ weiter seine Hammerschläge auf den Amboss knallen.

Eine Viertelstunde später machte Arno eine Pause und hielt eines seiner Werke mit der Zange prüfend gegen das Licht. »Mannomann, krumm wie O-Beine«, sagte er kopfschüttelnd und besah aus zusammengekniffenen Augen das Stück Metall. Die Spitze war beeindruckend spitz. Doch der Rest sah eher aus wie ein sich windender Regenwurm. »Aber wir werden immer besser.« Arno klang, als müsste er sich selbst Mut zusprechen. »Damit kann man bestimmt schon ein bisschen schießen.«

In dem Moment trat Götz wieder unter das Grasdach der Schmiede. Mit beiden Händen streckte er Arno die Pfeilspitzen aus dem Lederbeutel hin.

»Auf ein Wort, guter Schmied! Ich kam des Wegs, die spitzen Pfeile mir zu holen. Doch des falschen Beutels Inhalt hat dein Knecht uns leider mitgegeben!«

Arno legte den Hammer ab. »Was meinst du damit? Nur einen einz'gen Beutel hatten wir, dass Gott uns hülf!«

Der Töpfer ließ unsere Spitzen auf den kleinen Schemel neben dem Eingang fallen. »Gar ungestalt sind deine Werke!«, rief er. »Nicht spitze Pfeile sind es wohl, doch vielmehr Angelhaken! Oder Nasenhaken, mit denen er aus dem Loch der Nase Popel klauben mag! Zum Schießen taugen sie uns nicht, vom Treffen ganz zu schweigen.«

Arno funkelte ihn gereizt an: »Wenn ich jemanden zum Rumnörgeln brauche, sage ich Bescheid, okay? Du darfst es gern selbst einmal probieren, Götz.« Bei diesen Worten reichte er dem Töpfer seinen schweren Hammer.

Doch Götz hob abwehrend die Hände: »Ist gut, war nicht so gemeint. Wir fragen uns ja nur, wann wir Pfeile haben, die den Namen verdienen. Mit dem bisherigen Ergebnis macht ja nicht mal das Training Sinn.« Er wies mit dem Daumen hinter sich. Am Waldrand sah ich vier, fünf Gestalten, die mit Bögen auf einen Strohballen anlegten. Ich musste sofort an den Biber mit dem goldenen Fell denken. Allerdings sah ich auch, dass

- die Schützen nur ein paar Schritte entfernt standen (so nah würden sie ihrer Beute in freier Wildbahn niemals kommen)
- der Ballen etwa die vierfache Größe eines Bibers hatte
- kein Pfeil sein Ziel erreichte

Mal plumpste er schon vorher kraftlos zu Boden, mal bekam er einen Seitwärtsdrall, sodass die Umstehenden in letzter Sekunde zur Seite springen mussten, um keinen dieser Querschläger abzukriegen.

Wir sahen der Vorführung eine Weile stumm zu, wobei ich mit

großer Anstrengung das Grinsen unterdrückte, das sich auf meinem Gesicht breitmachen wollte. Auch wenn ich kein Wort von dem verstehen konnte, was die Schützen sagten – ihr schlurfender Gang und die hängenden Schultern ließen keinen Zweifel: Die Stimmung am Waldrand war ungefähr so beschwingt wie ein Trauermarsch in Zeitlupe. Vielleicht behielt die Burgherrin ja doch recht!

Arno unterbrach mit einem erneuten Grunzen die andächtige Stille: »Kein Wunder, keine Federn!«

Götz sah ihn irritiert an. »Kein Wunder, keine Federn?«, wiederholte er verständnislos.

Arno legte den Schmiedehammer beiseite und wischte sich mit dem Unterarm den Schweiß von der Stirn. Auch wenn uns unter dem Grasdach der Schmiede die brennende Julisonne nicht erwischen konnte, glommen in der Esse Kohlen bei, keine Ahnung, 1000 Grad oder mehr!

»Die Pfeile. Die haben keine Federn am Schaft. Kein Wunder, dass die nicht ankommen. Ohne Federn fliegt kein Pfeil vernünftig. Da kann ich mir einen Wolf schmieden, das hat mit meinen Spitzen Nullkommanichts zu tun!«

Götz glotzte den Schmied stumm an.

Dann wandte er den Blick wieder zu den Schützen, die ihr Vorhaben aber bereits aufgegeben hatten und schulterzuckend den Übungsplatz räumten.

Der Töpfer ging wortlos davon.

»Gern geschehen! Am besten Gänsefedern. Und befestigt sie schräg zur Längsachse. Dann bekommen die Geschosse einen Dreh und fliegen stabiler«, rief Arno dem Töpfer hinterher. Dann fuhr er fort, aber so leise, dass nur ich es hören konnte: »Aber ob das reicht, um aus euch Pfeifen Biberjäger zu machen, darf bezweifelt werden.«

Ich schluckte einen Kommentar runter. Denn ich für meinen Teil zweifelte immer noch nicht: Ein Typ wie Götz machte mangelnde Übung mit ausreichend Wut im Bauch wett. Und wenn er sich mit bloßen Händen auf die Biber stürzen müsste.

»Simon, an den Blasebalg. Wir müssen es noch einmal versuchen.«

»Aber, Meister, die Federn …«

»Vergiss die Federn!«, unterbrach mich Arno. »Das ist jetzt eine Frage der Ehre. Ich will nicht, dass irgendeiner von diesen Komikern mir vorwerfen kann, es gäbe einen Zusammenhang zwischen seinem ausbleibenden Jagdglück und meinen Spitzen. Also los … ich bin sicher, nach der Tausendsten haben wir den Dreh raus.«

Ich stellte mich stumm hinter meinen Blasebalg und heizte die Glut wieder an. Doch kaum hatte ich fünf Minuten vor mich hin geblasen, kam die nächste Unterbrechung.

Wieder stand ein Mann im Eingang. Christian Rotten hatte die Ärmel seines Karohemdes hochgekrempelt, beide Hände steckten in den Schlaufen seiner Nordic-Walking-Stöcke. Ich sah einen knappen Streifen haariger Beine zwischen dem Rand seiner kniehohen Gummistiefel und dem Saum olivgrüner Shorts, die mehr Taschen hatten, als ein Normalsterblicher benötigte.

»Guten Tag, die Herren«, grüßte der Mann unpassenderweise und viel zu gut gelaunt. »Meister Arno, erfüllt es Sie nicht mit Stolz, statt Pflugscharen Schwerter zu schmieden?«

»Ich habe noch nie eine Pflugschar – «

»Schon gut, schon gut. Ist bloß eine Redewendung, nicht wahr?« Christian Rotten lächelte gezwungen.

»... und auch keine Schwerter.«

Der Limomann seufzte. »Egal. Mein Sohn und ich wollten nur mal schauen, wie es um die, äh ... Waffenlieferungen bestellt ist.« Er erblickte die krummen Spitzen, die Götz auf dem Schemel zurückgelassen hatte, nahm eine davon zwischen Daumen und Zeigefinger und betrachtete sie von allen Seiten.

»Noch nicht serienreif«, knurrte der Schmied und schnappte sich das Metallstück. »Aber es wird!«

Rotten nickte. »Nun, wie sagt man so schön? Es ist noch kein Meister vom Himmel gefallen! Aber bald geht's los, nicht wahr? Lange werden wir dieses Freibad da draußen nicht mehr dulden. Dann muss eben doch schwereres Gerät aufgefahren werden. Das ist ja sonst – «

»Kriegen wir hin, Herr Rotten, keine Sorge.«

Die beiden Männer blickten sich einen Moment stumm an. Was wohl in ihren Köpfen vor sich ging? Ich fragte mich, ob Theophraste mir eine mittelalterliche Technik zum Gedankenlesen beibringen könnte.

»Können wir jetzt gehen?« Die Stimme kam von draußen. Erst jetzt sah ich, dass dort Colin stand und ziemlich unglücklich aus der Wäsche guckte. Beziehungsweise aus seinem Schwarz-silbernen-Totenkopf-Wendepailletten-T-Shirt. Wahrscheinlich fand er diese Baustellenbesuche auf Dauer ähnlich interessant wie einem Murmeltier beim Winterschlaf zuzusehen. Vielleicht machte er sich aber auch nur Sorgen um seinen fahrbaren Untersatz. Aus einem mir unerfindlichen Grund war der Typ heute wieder mit seinem Segway unterwegs, dessen Räder allerdings gefährlich tief im Wasser lagen. Ob das Gefährt für so etwas ausgelegt war? »Du wolltest nur schnell messen, hattest du gesagt.«

»Da hört Ihr es. Ich muss weiter, leider. Also noch viel Glück, Meister Arno. Ich zähle auf Sie!«

Kopfschüttelnd sah der Schmied hinterher, wie Christian Rotten zu seinem Sohn ging. Unbeirrt von Pfützen und Schlamm. Gummistiefel, tolle Sache, dachte ich. Colin startete den Elektromotor, sein helles Sirren erfüllte die Luft. Und die beiden Gestalten entfernten sich rasch über die Lichtung in Richtung der Burgmauer. Colin geschickt die tiefen Pfützen umfahrend, sein Vater weit mit den bestockten Armen schwingend.

Und was wollen die messen?, fragte ich mich.

»Keine Ahnung«, antwortete Arno, offenbar hatte ich die Frage laut ausgesprochen. »Ist mir auch egal. Wir machen weiter.«

Ich zögerte. Im Gegensatz zu Arno war es mir nicht egal.

»Meister Arno, ich kann gleich weitermachen. Ich muss nur mal kurz aufs Klo verschwinden.« Das war natürlich glatt gelogen. Mal wieder. Aber im Gegensatz zu Truschel kannte der Schmied den Trick noch nicht: »Ist gut. Aber schaff mir diese Teile aus den Augen, bitte!« Mit diesen Worten klaubte er den Haufen krummer Pfeilspitzen zusammen, ließ sie leise klirrend in den Lederbeutel fallen und drückte ihn mir in die Hand.

Ich trat aus der Schmiede ins Freie und entdeckte Christian Rotten sofort. Er hatte inzwischen das tiefere Wasser an der Burgmauer erreicht und watete vorsichtig hindurch. Er trug seine Stöcke in der linken Hand. In der Rechten hielt er auch etwas. Irgendein kleines Gerät, auf das er ununterbrochen starrte. Ein Smartphone? Ich konnte nicht genau erkennen, was es war, ich war zu weit weg. Als das Wasser ihm bis knapp unter den Gummistiefelrand reichte, blieb er an der Burgmauer stehen. Dann blickte er sich kurz in alle Richtungen um und stieß die Stöcke mit der Spitze voran ins Wasser.

Das hatte ich schon einmal beobachtet! Als Götz mich auf die Pferdekoppel geschickt hatte und Uzi mir zum ersten Mal begegnet war. An jenem Abend im Nieselregen war der Limomann auch schon mit seinen albernen Stöcken auf der Baustelle rumgeschlichen. Was machte der Typ? »Nur schnell messen«, hatte der Collie gesagt, der jetzt mit seinem Segway im Matsch tiefe Kreise zog.

Ich sah, wie Christian Rotten an dem Ding in seiner rechten Hand herumfummelte. Er bückte sich kurz. Einen Moment später zog er die Stöcke wieder aus dem Schlamm und stapfte weiter durchs Wasser. Diesmal weg von der Burg.

Wenn ich nur ein Fernglas gehabt hätte! Aber auch die würden ja dummerweise erst in ein paar Jahrhunderten erfunden. Ich wusste, dass mir keine Wahl blieb: Wenn ich herausfinden wollte, was Rotten da im Morast zu schaffen hatte, musste ich hinterher. Windige Gestalten heimlich im Matsch verfolgen? Echt nicht mein Ding! Ich atmete tief durch. Dann lief ich los.

Ich duckte mich unter der Burgmauer weg und eilte Christian Rotten nach, so leise es der schmatzende Boden zuließ. Mir glitschte die braune Brühe in die Sandalen, kurz darauf versanken meine Füße bis über die Knöchel im Morast. Als ich an der Stelle angekommen war, an der der Brausebaron eben noch mit seinem Stock herumgestochert hatte, hielt ich inne. Irgendwie musste ich den Ort markieren. Aber wie? Ich sah mich ratlos um. Dann hatte ich eine Idee. Ich griff eine Pfeilspitze aus meinem Beutel und ritzte damit ein Kreuz in die Burgmauer. So könnte ich Uzi später die Stelle zeigen.

Christian Rotten stakste weiter von der Mauer weg, ungefähr auf die Hütte des Schmiedes zu. Ich rannte ein paar Schritte hinterher, dann kauerte ich mich hinter einen Haufen Steine, die wenige Meter von der Burgmauer entfernt aufgetürmt waren. Soweit ich wusste, waren sie für die Kapelle bestimmt, von der aber bisher noch nicht mal das Fundament stand. Glück für mich, die Brocken waren eine gute Deckung.

Christian Rotten wandte mir den Rücken zu. Plötzlich änderte er abrupt seine Route, und ich konnte ihn von der Seite sehen – samt dem Smartphone in seinen Händen. Es war also tatsächlich eins. Der Mann hatte den Blick ins Display versenkt. Er steuerte jetzt direkt auf den festgefahrenen Karren mit Götz' Abflussrohren zu, umrundete den Wagen und stoppte schließlich neben dem Rad, das unser Pegelmessegerät war. Er blickte sich um und starrte genau in meine Richtung. Ich hielt die Luft an. Was sollte ich ihm erzählen, wenn er mich jetzt entdeckte? Aber die Steinblöcke schützten mich vor seinem Blick. Der Brausebaron wandte sich ab und wiederholte die Übung von eben. Was ihm nicht leichtfiel, denn der Ort, wo er seinen Stock als Nächstes ins Erdreich bohrte, lag direkt unter der Achse.

Nun konnte ich auch erkennen, was er danach mit dem Handy anstellte: Rotten bückte sich – und schoss ein Foto. Stock im Wasser, Nahaufnahme.

Der Collie hatte recht gehabt. Sein Vater benutzte seinen Stock, um zu messen, wie tief das Wasser war. Eigentlich ganz logisch, denn er hatte ja selbst zur Bauleiterin gesagt, dass er glaubte, das Wasser würde der Bausubstanz schaden, wenn es zu hoch stieg. Nur warum hatte er dazu ausgerechnet unter dem Karren gemessen? Eine umständlichere Stelle gab es ja wohl kaum. Sonderbar. Ich konnte mir absolut keinen Reim darauf machen.

Als Christian Rotten sich endlich von dem Karren entfernte, huschte ich dorthin, um mit meiner Pfeilspitze ein Kreuz ins Holz zu ritzen. Genau dort, wo der Mann gemessen hatte. Unter der Achse.

Als der Brausebruder kurz darauf seinen Rundgang beendete, hatte ich vier Kreuze gemacht. Christian Rotten hatte mich nicht entdeckt. Mit klopfendem Herzen sah ich zu, wie er neben dem surrenden Segway seines Sohnes im Wald verschwand.

16. KAPITEL
DER TRICK

DONNERSTAG, 11. JULI, AM NACHMITTAG

Ich spürte Uzi an der Pferdekoppel auf. Als ich ihr berichtete, was ich an der Burgmauer beobachtet hatte, packte sie eilig Striegel und Zaumzeug weg. Kurz darauf wateten wir durch den Morast – wie immer: sie in knallgelben Gummistiefeln, ich in Sandalen. So führte ich sie zu der ersten meiner Markierungen.

»Er hatte sein Handy dabei, sagst du?«, fragte Uzi, als wir vor dem Kreuz in der Burgmauer standen.

»Ja, er hat beim Gehen die ganze Zeit darauf gestarrt. Total sonderbar.«

»Nee, gar nicht. Sogar total logisch!« Uzi grinste triumphierend. »GPS! Er hat sein GPS verwendet, um die Punkte zu finden. Wetten?« Uzi strahlte, als habe sie damit alle Rätsel gelöst. »Komm, das kann ich auch!«, sagte sie. Sie fischte ihr Handy aus der Hosentasche und tippte auf dem Display herum. »Ich speichere jetzt die Koordinaten dieser Stelle. Wenn wir sie wiederfinden wollen, kann mein Handy uns hinführen. Genau wie bei Rotten.«

Wir gingen weiter zur zweiten Markierung. Uzi duckte sich geschickt unter die Vorderachse des Wagens, hielt ihr Handy an die Stelle, wo ich das Kreuz geritzt hatte, und speicherte. So klapperten wir alle vier Stationen ab.

Dann hielt Uzi mir ihr Telefon hin. »Guck mal, so sieht das jetzt aus!«

Ich blickte aufs Display, dort stand:

N48°02'06" E9°06'12"

N48°02'04" E9°06'08"

N48°01'59" E9°06'10"

N48°02'02" E9°06'15"

Geheimschrift? Ich blieb stumm.

»Und ich weiß auch, wie man das liest«, meldete Uzi sich wieder zu Wort. »Hier, der erste Punkt: Achtundvierzig Grad, zwei Minuten und sechs Sekunden nördliche Breite. Und neun Grad, sechs Minuten und zwölf Sekunden östliche Länge.«

»Okay, nicht schlecht«, sagte ich. »Aber die Sache bleibt rätselhaft. Warum misst Rotten ausgerechnet unter dem Karren den Wasserstand? An der unzugänglichsten Stelle weit und breit?«

»Wieso braucht er überhaupt Koordinaten aus seinem Handy«, sagte Uzi nachdenklich. »Wenn du dir Sorgen um die Burg machen würdest und prüfen wolltest, wie tief das Wasser drum herum steht, wo würdest du messen?«, fragte sie.

»Natürlich an dem Wagenrad, das mache ich ja schon seit Tagen so. Oder am Burgturm. Aber ich habe auch kein Handy, in dem ich irgendwelche Koordinaten abspeichern kann.«

Uzi nickte. »Ich habe ein Handy. Und ich würde es trotzdem so machen wie du. Ist doch viel einfacher, als mit dem Telefon in der Hand durch den Modder zu waten.«

»Vielleicht ist Christian Rotten eben einfach ein umständlicher Typ?« Das glaubte ich natürlich selber nicht so ganz. Klar, seine Sätze waren oft überlang und seine Gedanken irgendwie ungeordnet. Aber das war keine Erklärung für die komischen Messungen im Morast. Doch was sonst?

»Wir könnten ihn einfach fragen«, sagte Uzi, als hätte sie mal wieder in meinem Gehirn mitgelesen.

»Und dann legt er uns in allen Einzelheiten ein Geständnis ab? Ganz bestimmt …!«

»Quatsch, natürlich fragen wir ihn nicht direkt. Ich habe da eine Idee.«

Uzi tippte auf ihrem Handy, dann hielt sie mir das Display hin. Sie hatte folgende Textnachricht verfasst:

Sehr geehrter Nutzer,
wir haben wie gewünscht die Einstellungen Ihrer Privatsphäre geändert.
Die folgenden Daten werden per Kurznachricht an alle Personen in Ihrem Adressverzeichnis geschickt:

N48°02’06” E9°06’12”
N48°02’04” E9°06’08”
N48°01’59” E9°06’10”

N48°02'02" E9°06'15"

Diese Auskunft ist kostenfrei.

Mit freundlichen Grüßen

GeoData GmbH

Ich verstand nicht gleich, aber Uzi erklärte mir ihren Plan: »Wir schicken ihm diese Nachricht. Und dann beobachten wir ihn. Wenn er nichts Verbotenes tut, bleibt er bestimmt ganz ruhig. Aber wenn er etwas zu verbergen hat, das irgendwie mit diesen Koordinaten zu tun hat, wird er nervös. Und ich glaube, dass wir ihm das ansehen werden.«

»Hast du denn seine Nummer?«, fragte ich.

Sie hatte. Ihre Mutter hatte sie ihr gegeben, falls Uzi sie dringend erreichen musste. Julia von Ebersau trug natürlich kein Handy auf der Baustelle – die Rottens schon.

»Und was ist, wenn er deine Nummer sieht? Denk an die Frau vom Umweltamt!«, sagte ich. »Stell dir vor, er ruft zurück, du gehst ran und – bäm! – wir sind aufgeflogen.«

»Genau. Deswegen gehe ich nicht ran. Ich kenne ja seine Nummer. Und mein Handy kennt sie auch, das wird mich schon warnen.«

»Dann lass es uns versuchen«, sagte ich.

Genau in diesem Moment hörte ich ein wohlbekanntes Surren. Aus dem Wald rollte Colin Rotten. Und neben ihm, mit schwingenden Stöcken, marschierte sein Vater. Die beiden bewegten sich Richtung Parkplatz.

»Ups, die sind im Abmarsch! Wir müssen uns beeilen«, sagte Uzi.

»Aber sie dürfen uns nicht mit deinem Handy sehen«, warnte ich. Ich zog sie hinter die Hütte des Schmieds.

»Jetzt«, sagte ich.

Uzi drückte auf »Senden«. Dann verließen wir unser Versteck und schlenderten ganz unschuldig auf die Rottens zu, als hätten wir zufällig ausgerechnet dort etwas zu tun.

Zuerst geschah gar nichts. Colin rollte weiter, Papa Rotten schwang die Stöcke und schritt kräftig aus. Immer Richtung Parkplatz.

Doch dann blieb Christian Rotten abrupt stehen, kurz darauf bremste auch der Collie ab. Wir schlossen immer mehr zu ihnen auf. Rotten fummelte in seinen Taschen, er fand sein Telefon nicht gleich. Nach dem dritten Versuch angelte er es aus der linken Seitentasche knapp über dem Knie. Er tippte und starrte aufs Display. Wir hatten ihn fast erreicht und konnten sein Gesicht deutlich sehen.

Er starrte.

Und starrte.

Und starrte.

Zugegeben: Uzis Nachricht war ein bisschen schräg. Nein: ziemlich schräg sogar. Wenn ich sie bekommen hätte, ich hätte beim Lesen wohl auch dumm geguckt. Aber als Rotten mit Starren fertig war, tat er etwas Ungewöhnliches.

»Colin, ich muss dringend telefonieren. Und zwar ungestört«, hörte ich ihn sagen. Er klang heiser. »Gib mir mal das Ding.« Mit diesen Worten schubste er den verdatterten Collie von seinem Segway, stieg selbst auf, drückte dem Jungen noch die Walking-Stöcke in die Hände und rauschte zurück in den Wald.

17. KAPITEL
DAS GEHEIMNIS

FREITAG, 12. JULI, AM MORGEN

Am nächsten Morgen wachte ich komplett gerädert auf. Zwar war den übrigen Tag nichts Weltbewegendes mehr passiert. Ich hatte mich nach meinem angeblichen Toilettengang – der mal wieder verdächtig lange gedauert hatte – bei Arno, dem Schmied, zurückgemeldet und bis Dienstschluss brav den Blasebalg bearbeitet.

Aber als der Abend kam, konnte ich nicht schlafen. Mein Gehirn hatte einfach keine Ruhe geben wollen. Es hatte wie blöde versucht, alles was ich erfahren und gesehen hatte, zu einem logischen Bild zusammenzusetzen. Das hatte natürlich nicht geklappt, die Puzzleteile passten nicht. Es war schon hell, als ich endlich weggedämmert war – und dafür hatte ich dann natürlich die Morgenglocke und das Frühstück verpennt. Entsprechend müde und hungrig wankte ich nun auf die Schmiede zu.

Ich hatte gerade den Brunnen erreicht, als Uzi mir den Weg abschnitt: »Guten Morgen, Simon … sag mal, wie siehst du denn aus? Da strahlen ja meine alten Socken mehr Tatendrang aus. Schlecht geschlafen?«

»Ich habe die ganze Nacht nachgedacht, was die Rottens treiben.«

»Und?«

»Keine neuen Erkenntnisse, Frau Kommissarin.«

»Dachte ich mir. Deshalb habe ich es erst gar nicht versucht. Bringt nix, nur Augenringe.« Sie lächelte mich an. »Stehen dir aber irgendwie.« Dann wurde sie ernst: »Trotzdem müssen wir der Sache weiter nachgehen.« Sie schwang sich auf die steinerne Einfassung des Brunnens, ich setzte mich neben sie. »Wir brauchen weitere Hinweise. Ich schlage vor, sobald einer von den Herren Rotten hier auftaucht, beschatten wir ihn. Lückenlos und unauffällig. Irgendwie werden sie sich schon verraten.«

Ich wollte eigentlich protestieren. Denn vom Detektivspielen hatte ich genug. Als ich Christian Rotten gestern um die Burg herum nachgeschlichen war, hatte mein Herz so laut geklopft wie eine Buschtrommel. Ein Wunder, dass es mich nicht verraten hatte. Mein Bedarf an Aufregung in den Ferien war gedeckt – ehrlich gesagt schon seit Gulos Biberbiss. Aber ich wollte vor Uzi nicht als Feigling oder als Langweiler dastehen. Also schwieg ich, grinste hilflos und fühlte mich ziemlich beklommen. Ich wusste ja in dem Moment noch nicht, wie uns schon sehr bald das Glück zu Hilfe kommen würde, und zwar in sehr überraschender Gestalt.

Während ich nämlich hilflos grinste, vernahmen wir ein mittlerweile vertrautes Surren, gemischt mit einem satten Gurgeln. Es klang, als würde jemand träge köchelnde Kürbissuppe pürieren. Aber als wir uns umdrehten, war es natürlich nur der Collie, der seinen fahrbaren Untersatz durch Schlick und Wasserlöcher manövrierte und dabei versuchte, nicht in dem tückischen Morast stecken zu bleiben. Sonst würde sein komisches Gefährt noch ein ähnlich trauriges Ende nehmen wie Götz' Karren.

»Wenn man vom Rotten spricht«, raunte Uzi von der Seite.

Der Collie hatte uns entdeckt und hielt direkt auf den Brunnen zu. Na, super!

Jetzt winkte er auch noch. Was war denn in den gefahren? Bislang hatte Colin mich höchstens mit dem Steißbein angeguckt. Außer um sich lustig zu machen, versteht sich. Und nun plötzlich winkewinke?

Mit Entsetzen sah ich, dass Uzi den Gruß erwiderte.

»Was winkst du diesem Fatzke?«, brach es aus mir heraus. Ich wollte mit diesem Schnösel nichts zu tun haben. Und noch weniger wollte ich, wenn ich ehrlich zu mir war, dass Uzi etwas mit ihm zu tun hatte.

Ohne den Blick vom heransurrenden Besuch zu lassen, sagte die: »Wollen wir Beweise sammeln oder wollen wir Beweise sammeln? Wenn die Limobrüder sich schon rarmachen, schauen wir doch mal, was Sohnemann uns verraten kann.«

Das ergab Sinn. Einerseits. Andererseits: »Okay, aber vorsichtig. Du weißt nicht, ob Colin nicht mit drinsteckt in dem ganzen … dem ganzen …«, ich suchte nach einem passenden Wort.

»Sumpf«, half Uzi aus. »Vorsicht, ist doch klar.«

Dann war der Collie da.

»Guten Morgen, ihr Schlümpfe«, sagte er freundlich, aber von ziemlich weit oben herab, während er den pechschwarzen Helm abnahm und die Frisur darunter wieder in Form zuppelte. »Utzgard, du siehst heute mal wieder bezaubernd aus.« Und du nicht, Simon. Aber das musste er gar nicht aussprechen.

Uzi strahlte. Irre, konnte die sich gut verstellen. Ich hoffte jedenfalls, dass sie sich verstellte.

»Hallo, Limonadenerbe«, lachte sie ihn an. »Wo sind denn die Altvorderen? Lass mich raten, die vermessen noch irgendwas Wichtiges!«

Ich glaubte, mich verhört zu haben. War das Uzis Idee von Vorsicht? Aber ihr schneller Seitenblick beruhigte mich. Uzis Augen schienen so viel sagen zu wollen wie: hoher Ball nach vorn, und dann gucken, was passiert. Solange wir nicht preisgeben, dass wir das Ganze ziemlich sonderbar finden, gibt es für den Collie keinen Anlass, Verdacht zu schöpfen.

Und sie hatte recht. Natürlich.

»Vermessen?« Colin sah sie verständnislos an. »Ach so … du meinst, wegen gestern? Nee, keine Ahnung, was das für eine Nummer ist. Als würde Paps jetzt unter die Landvermesser gehen. Oder geht's ja wohl nicht!« Dann sah er mich an und ergänzte spöttisch: »Obwohl … wenn ich stattdessen ungeduscht, zerlumpt und mit klebrigem Getreidebrei im Bauch von früh bis spät Wassergräben ausheben müsste? Lass mich kurz überlegen … ich hab's: Vielleicht ist Landvermesser gar nicht so schlecht.«

Sehr witzig, dachte ich.

»Sehr witzig«, sagte Uzi.

Colin zuckte mit den Schultern: »Na ja, ist beides öde.«

Was für ein selbstverliebter Blödmann.

»Wisst ihr was?«, fuhr der Blödmann fort. »Wisst ihr, was dagegen voll unöde ist? Während die einen im Schlamm wühlen und verzweifelt versuchen, den Sumpf hier trockenzulegen, haben die anderen erst richtig Spaß mit der Pampe.« Mit diesen Worten fummelte er an der Lenkstange seines Segways herum. Es piepte kurz, dann ging ein kleines Display an. Der Spinner hatte sich tatsächlich eine Kamera an sein albernes Gefährt geschraubt. »Und jetzt schaut mal her! Ich sage nur … spläääääsh!«

Noch ein Piep, und plötzlich kamen die Bilder auf dem Display in Bewegung, dazu wieder der Klang von Pürierstab in Suppe. Nur etwas blechern. Ich ging näher heran, um besser sehen zu können.

Schlammiges Wasser spritzte in alle Richtungen, ab und zu erschienen Stiefel, Pantinen oder Sandalen im Bild, die rasch beiseitesprangen, damit der Segway sie nicht über den Haufen fuhr. Für Sekundenbruchteile tauchte immer mal wieder ein Stück Horizont auf, mal waagerecht, mal schief. Offenbar konnte der Collie seinen fahrbaren Untersatz ziemlich scharf in die Kurve legen, ohne dabei umzukippen. Obwohl ich Mühe hatte, es mir einzugestehen: Der Mitschnitt dieser Höllenfahrt sah schon ziemlich krass aus.

»Krass, was?« Als hätte er meine Gedanken gelesen, meldete sich Colin.

»Ziemlich«, nahm mir Uzi die Antwort ab.

»Und das war nur der Erste, den ich gedreht habe. Wartet mal … das kommt noch fetter.« Und mit dieser Ankündigung präsentierte uns Colin einen Colin, der

– eine doppelte Drehung im Matsch vollführt (im Hintergrund Truschel, der nicht wenig davon auf seinen Mantel bekommt und dem Angeber laut hinterherflucht).

– die Burg umrundet, ein Rad am Boden, eines an der Mauer.
– auf einer kleinen Anhöhe Anlauf nimmt und dann für Sekundenbruchteile schwebt, bevor er samt Segway mit lautem »Splääásh!« in einer Pfütze landet.

Ich musste schlucken. So peinlich der Typ auf seinem Gefährt wirkte – was er damit anstellen konnte, sah nach ziemlich viel Spaß aus.

»Alter, bist du neidisch!« Colin sah mich mitleidig an. Ohne meine Reaktion abzuwarten, fuhr er fort: »Kannst gern auch mal eine Runde drehen.«

»Au ja!« Das war zum Glück nicht ich. Ich hatte mir rechtzeitig auf die Zunge gebissen. Im Gegensatz zu Uzi. Doch Colins Blick blieb auf mich geheftet.

Was sollte ich tun? Am liebsten hätte ich auch »Au ja!« geschrien. Ist doch klar. Aber 1. wollte ich diesem blöden Schnösel den Triumph nicht gönnen, und 2. hätte ich damit ja irgendwie den Rest meiner Prinzipien über Bord geworfen, was das Leben im Mittelalter anbetraf. Schlimm genug, dass ich mehr auf Uzis Handy glotzte, als auf Pergamentbögen und Wachstafeln.

Colin schien schon wieder ahnen zu können, was in mir vorging: »Ach nee, geht ja nicht. Für echte Recken und Rittersleut' ist ein Fahrrad ja schon Sünde. Tut mir leid, hatte ich vergessen.« Er grinste. Es sah nicht wirklich aus, als tue es ihm leid. »Na, zum Trost gucken wir einfach noch ein paar meiner Stunts an, ja?« Ohne die Antwort abzuwarten, startete er die Wiedergabe erneut.

Hinterher habe ich mich oft gefragt, was wohl passiert wäre, wenn ich einfach eine Runde gedreht hätte, wie Colin es angeboten hatte. Wahrscheinlich wäre den Rottens ihre schmutzige Geschichte dann nie um die Ohren geflogen.

Was als Nächstes geschah, war jedenfalls Folgendes: Wir bewunderten Colin noch zwei, drei Minuten bei allerlei artistischen Fahrtricks, bevor der Monitor schwarz wurde und kurz darauf eine neue Aufnahme startete. Gähnend langsam surrte der Segway darin über den Waldboden, blieb an einer Wurzel hängen, ruckelte sich los, holperte weiter. Nach den Actionstreifen von eben sah das hier wie Zeitlupe aus. Warum zeigte Colin uns das?

Das fragte er sich offensichtlich auch: »Hä, was ist das denn für ein Quark?«, hörte ich ihn neben mir. »Das ist nicht von mir!«

Der Segway war nun auf einer Lichtung stehen geblieben.

»Weg mit dem Quatsch!« Colin fummelte an der Kamera herum, um die Aufnahme zu löschen, als plötzlich ein Mensch auftauchte. Im Film, nicht in echt. Colin erkannte ihn als Erster: »Paps? Oh Mann, der Blödmann muss die Kamera versehentlich gestartet haben. Super, und ich darf mich dann über den leeren Akku ärgern.«

Auf dem Display fummelte Papa Rotten sein Handy aus der Tasche. Colin drückte die Taste mit dem Papierkorb, Uzi schrie: »Warte mal!«

Erstaunt blickten wir sie beide an. Aber sie legte nur den Finger auf die Lippen und nickte zur Kamera. Da spielt die Musik, ihr Pappnasen, sagte ihr Blick. Wir drehten uns wieder zum Display.

»Ich habe eine merkwürdige Textnachricht erhalten, weißt du irgendwas darüber?«, sagte der Brausebruder in sein Telefon. »Hast du das nicht bekommen? Es standen alle Koordinaten drin. Genau, die von unseren Lagerplätzen.« Pause. »Keine Ahnung, ich weiß nicht von wem, angeblich von irgendeiner Firma, aber das kommt mir sonderbar vor.« Pause. »Ich? Spinnst du? Ich habe die Koordinaten nie – « Auf dem Display von Colins Kamera begann Christan Rotten jetzt mit eiligen Schritten hin und her zu gehen. »Ja, stimmt, ich werde nervös! Die Situation ist brenzlig, das musst du zugeben. Wir müssen jetzt endlich etwas unternehmen.« Er lauschte kurz. »Nein, den Damm machen wir nicht noch mal kaputt! Viel zu auffällig. Außerdem bauen die Biester wirklich in Rekordzeit alles neu, hast du ja gesehen. Wir brauchen eine schnelle Lösung! Wenn der Pegel hier auch nur ein, zwei Tage weitersteigt wie bisher, läuft unsere kleine Pulversammlung voll. Du weißt, dass wir die Fässer halbwegs trocken lagern müssen. Mehr Hochwasser vertragen sie nicht!« Pause. »Was? Ob ich mir da sicher bin? Dass das Wasser steigt? Entschuldige, mein Lieber, aber seit Tagen messe ich den Pegel. Diese Mühe bräuchte ich mir eigentlich gar nicht mehr zu machen. Seit dieser Pferdekarren im Schlamm festsitzt, kann jeder Depp sehen, wie das Wasser steigt, nicht wahr? Sogar dir würde es auffallen, wenn du mal hinsehen würdest. Und ich kann dir ziemlich genau sagen: Lass es erst über die Achse steigen – und unser Geheimnis wird nicht mehr geheim sein, Cay!« Pause. »Ja, wer musste denn damals die ganze Brause mitverklappen? Wir hätten sie prima in der Fabrik einlagern können, aber du … du musstest ja unbedingt Platz schaffen, nicht wahr? Wir müssen jetzt handeln, Cay. Lange Rede, kurzer Sinn: Weg mit dem Getier, sofort! Sonst fliegen wir auf!«

Ende des Gesprächs.

Christian Rotten stapfte wutschnaubend auf die Kamera zu. Er verschwand aus dem Blickfeld. Dann rollte der Segway wieder los, drehte sich gähnend langsam um 180 Grad und ruckelte so gemächlich davon, wie er gekommen war.

Colin stoppte die Wiedergabe.

Wir sahen uns an.

Selbst Uzi wusste ausnahmsweise nicht, was sie sagen sollte. Die Rottens hatten ein schmutziges Geheimnis. Irgendwo unter dem Schlamm der Baustelle. Und bei der Überflutung sorgten sie sich gar nicht um die Burg. Sondern um ihre »kleine Pulversammlung«, die darunter verborgen war. Es kam mir fast wie eine Nebensache vor, was Christian Rotten außerdem noch gesagt hatte: Es waren die Brausebrüder gewesen, die vor wenigen Tagen den Biberdamm zerstört hatten.

»Alter, was war das denn?«, fragte Colin.

Uzi zögerte. Dann sagte sie: »Ich denke, das war der Beweis dafür, dass hier irgendein sehr krummes Ding läuft, Colin.«

»Dein Vater hat gesagt, wenn die Biber weiterhin das Wasser stauen, passiert irgendwas Schlimmes«, meldete ich mich zu Wort.

»Wovon außer meinem Vater, meinem Onkel und jetzt uns dreien aber niemand etwas ahnt«, sagte Colin nachdenklich.

»Aber was genau passiert, wenn das Wasser weiter steigt?«, fragte ich.

»Na ja, Colins Vater hat in dem Video was von Lagerplätzen, Fässern und Pulver gesagt.«

»Du meinst, unter der Burg liegt irgendwelches Pulver verbuddelt? Wie soll es denn da hingekommen sein?«

Uzi legte nachdenklich den Kopf schief. »Unter der Burg liegen noch ganz andere Sachen.«

Wir sahen sie fragend an. »Meine Mutter sagt, der Tote Winkel war früher eine Art Müllkippe. Also nicht offiziell. Aber hier haben die Leute trotzdem jahrelang ihren Sperrmüll abgeladen. Ist noch gar nicht so lange her, dass die Stadt dann mit Baggern und Planierraupen ankam und den ganzen Krempel zugeschüttet hat, damit in Ruhe Gras drüber wachsen kann.«

»Ach, echt?« Ich überlegte einen Moment. »Zum Glück hat unsere Burg kein Verlies – sonst würde das ja direkt in die Müllhalde hinunterführen!«

»Hm. Guter Punkt. Meine Mutter wollte eigentlich eines bauen. Aber die Rottens waren dagegen. Das war eine Bedingung von ihnen, dass nicht in die Tiefe gebaut wird. Wir dachten, sie wollten nicht, dass hässlicher Sperrmüll ausgebuddelt wird.«

»Tja, jetzt kennen wir den wahren Grund«, sagte ich. »Sie haben dort selbst etwas deponiert, das keiner finden soll.«

»Damit das Ganze geheim bleibt, wollen sie den armen Bibern an den Kragen«, sagte Uzi. »Und der ganze Baustellentrupp soll helfen. Und alle hier machen mit, weil die Biber angeblich sowieso todgeweiht sind mit ihrer komischen Seuche.«

Colin sah sie fragend an. »Wieso angeblich?«

»Sie sind gar nicht krank!«, rief ich. »Das Biberfieber haben sich dein Vater und dein Onkel nämlich nur ausgedacht! Und endlich kapiere ich auch, warum. Damit sie einen guten Vorwand für ihr Schlachtfest haben.«

Es war wirklich ein geschickter Schachzug der Rottens gewesen, das wurde mir jetzt klar. Sie hatten geistesgegenwärtig gehandelt: Beim Besuch der Biberbeauftragten hatten sie feststellen müssen, dass es keine schnelle Lösung für das Hochwasserproblem geben würde. Aber sie hatten von Gulos Biberbiss und dem Transport ins Krankenhaus erfahren. Sie erfanden die Geschichte mit der Tularämie, damit keiner von uns Hemmungen hätte, die Tiere zu töten.

»Colin, dein Video ist der Beweis dafür, was hier in Wirklichkeit gespielt wird!«, sagte ich.

Colin sagte nichts.

»Mit deiner Speicherkarte können wir die Biber retten, Colin«, sagte Uzi zufrieden.

Colin schüttelte den Kopf. Er sah elend aus. »Mein Vater – wenn das rauskommt. Das geht nicht.«

»Wie jetzt?!«, rief Uzi.

»Mensch, Uzi, ich will nicht schuld sein, wenn mein Vater Probleme bekommt!«

»Colin, du bist doch nicht schuld!«, rief sie. »Du hast doch kein Pulver vergraben.«

Colin schüttelte nur den Kopf. »Das kann ich nicht machen.« Er setzte sich den Helm auf.

»Aber Simon und ich wissen doch jetzt auch Bescheid, Colin!«, rief Uzi. »Du kannst das nicht einfach vertuschen, du bist nicht der Einzige, der den Film gesehen hat.«

»Wenn die Speicherkarte verschwindet, gibt es keine Beweise mehr«, sagte Colin. Er klang traurig. Er stieg auf seinen Segway, hob matt die Hand zum Abschied und surrte Richtung Wald davon.

»Hey!«, rief Uzi. »Warte mal!«

Colin fuhr unbeirrt weiter. Er drehte sich nicht um.

»Das gibt es doch nicht!«, rief Uzi. »Der will die Aufnahme löschen!«

»Dachtest du wirklich, dieser Typ würde uns helfen?«

»Ja. Dachte ich.« Uzi lief eine Träne über die Wange, wütend wischte sie sie weg. »Weil ich immer geglaubt habe, dass er eigentlich ganz in Ordnung ist. Er ist ein Angeber, das stimmt schon. Aber ich dachte, er hat das Herz am rechten Fleck.«

»So kann man sich täuschen.« Ich hätte der schniefenden Uzi gern ein Taschentuch gereicht, aber außer meiner kratzigen Leinenkutte hatte ich nichts anzubieten.

»Simon, wo bleibst du denn?« Vor uns stand Arno, der Schmied. »Wir haben heute wieder viel zu tun«, sagte er. »Utzgard, willst du auch helfen?«

Ich war ziemlich überrascht, als Uzi ein »von mir aus« murmelte. Wo sie doch mit mittelalterlicher Schmiedekunst eigentlich nichts anfangen kann.

Aber vielleicht konnten wir uns so gemeinsam Gedanken machen, was wir als Nächstes tun sollten.

18. KAPITEL
DAS WALDMEISTER-DEBAKEL #1

FREITAG, 12. JULI, AM VORMITTAG

Uzi und ich standen ungefähr 20 vermurkste Pfeilspitzen lang am Blasebalg. Dann rief Arno, der Schmied, eine Pause aus. Ich konnte ihm ansehen, dass er keine Lust mehr auf Pfeile hatte. Die Dinger blieben krumm, egal wie sehr er sich anstrengte.

Ich ging mit Uzi wieder zum Brunnen. Wir waren deprimiert, logischerweise. Wir hatten endlich die Rottens überführt. Doch das einzige Beweisstück war in Colins Hand – und womöglich schon vernichtet. Ich dachte an den Biber mit dem goldenen Fell. Seine Tage waren gezählt. Ich fühlte mich elend, als ich neben Uzi auf den Brunnenrand kletterte. Wir schwiegen.

Dann griff ich nach Uzis Hand. Einfach, weil ich es musste. Es war sonderbar, aber ich hatte keine Angst, dass sie mich auslachen würde. Wir hatten als Biberretter versagt, und jetzt war sowieso alles egal. Aber Uzi lachte nicht. Sie zog auch ihre Hand nicht weg. So saßen wir einfach da, eine ganze Weile lang.

Bis ein vertrautes Surren erklang. Uzi fuhr hoch, unsere Finger zuckten auseinander. Als ich Colin Rotten sah, stieg Wut in mir auf.

Dieser blöde Beweisstückvernichter! Er hielt genau vor uns, stieg von der Fahrerplattform und nahm den Helm ab.

»Hi«, nuschelte er.

Wir starrten ihn wortlos an. Colin griff in seine Hosentasche und zog etwas heraus. Etwas Kleines. Eine Speicherkarte.

»Hier. Könnt ihr haben. Ist aus meiner Kamera.« Er klang anders als sonst, fast schüchtern.

Uzi griff schnell nach der Karte. »Hast du den Film denn nicht gelöscht?«, fragte sie vorsichtig.

Colin schüttelte den Kopf. »Ich konnte nicht.«

»Warum nicht?«, fragte ich. Ich wusste nicht, ob ich ihm trauen konnte.

Er zuckte mit den Schultern. »Ich will keine krummen Dinger vertuschen. Das geht mir gegen den Strich.«

Wow! Sosehr ich mich vorhin über Colin geärgert hatte, fragte ich mich doch, was ich an Colins Stelle getan hätte. Seine Entscheidung war mutig.

»Danke«, sagte ich.

Er nickte mir zu. »Geht schon klar, Simon.«

Eine Weile schwiegen wir alle drei. Dann sagte Uzi: »Colin, bist du jetzt wirklich auf unserer Seite?«

Colin sah ihr direkt in die Augen. »Ja.«

»Gut«, fuhr Uzi fort. »Ich habe einen Verdacht. Ich glaube, das Pulverzeug könnte der wahre Grund dafür sein, dass dein Vater hier überhaupt mitmacht. Ich erinnere mich noch genau an den Tag, als meine Mutter völlig aufgekratzt nach Hause kam. So hatte ich sie noch nie erlebt. Kurz nachdem am Toten Winkel wirklich nur noch tote Hose war, kein Sperrmüll mehr, kein nichts, hat die Stadt ihr das Gelände für das Burgprojekt angeboten. Das war toll. Aber half nicht viel, denn was nützt ein Gelände, wenn kein Geld zum Bauen da ist. Auftritt: die Brausebrüder. Machen plötzlich die Taschen gaaaanz weit auf und steigen als Großsponsoren ein. Colin, sag mal – passt das wirklich zu deinem Vater? Interessiert ihn Experimentelle Archäologie überhaupt?«

»Joah … geht so, glaube ich«, bestätigte Colin.

»Seht ihr? Ich denke eher, die beiden Rottenbrüder kriegten es mit der Angst zu tun. Sie hatten Sorge, dass ihr Geheimnis von irgendwelchen Mittelalterfreaks wieder zutage gefördert wird. Die Baustelle konnten sie nicht verhindern. Aber als Sponsoren konnten sie zumindest ein bisschen mitbestimmen.«

Das klang logisch.

»Jetzt würde ich nur noch gerne wissen, was das für ein Pulver ist«, sagte ich.

»Tja, was für Pulver hat man denn so als Limonadenfabrikant?«, fragte Uzi.

»Brausepulver natürlich!«, rief ich. »Colin, gibt's das bei Rotten-Limo?«

»Heute nicht mehr. Aber ganz am Anfang. Das war während der krassen Experimentierzeit. Das wisst ihr vielleicht nicht: Bevor mein Alter und sein Bruder auf den Bio-Trip kamen, haben sie eine ganze Weile herumexperimentiert.«

Uzi nickte mir zu. »Stimmt, das haben wir gelesen. Simon, weißt du noch, die Zeitungsmeldungen aus der Stadtbibliothek?«

»Da war von Experimenten die Rede gewesen.«

»Genau«, fuhr Colin fort. »Aber anfangs nicht nur mit Öko-Rhabarber und genfreien Quitten. Die haben gepanscht wie in einer Hexenküche!«

»Das klingt ja nicht sehr appetitlich!«, sagte Uzi.

»Na ja, wenn mein Paps von damals erzählt, klingt es eigentlich eher lustig«, sagte Colin. »Wenn man den Geschichten glaubt, haben sie es am Anfang einfach nicht geschafft, etwas Trinkbares zusammenzumixen. Sie wollten ja eine absolut leckere Limonade rausbringen. Aber ihre Brühe müffelte nach altem Turnschuh. Schmeckte nach Spülmittel. Oder schäumte wie ein tollwütiger Hund ums Maul. Irgendwann kommt dann immer die Anekdote vom ›Waldmeister-Debakel‹ auf den Tisch. Habe ich mindestens tausendmal gehört. Wie sie wochenlang an der Formel für ein hochkonzentriertes Pulver feilen, wie das Ganze dann endlich richtig lecker riecht und schmeckt. Nur leider unbrauchbar ist, weil es beim Verdünnen mit Wasser jedes Mal so heftig reagiert, dass der Schaum durch die ganze Fabrikhalle fliegt.«

Waldmeister – auch davon hatten wir in den Zeitungsartikeln gelesen. Die Anwohner hatten sich über den scheußlichen Geruch und den Schaum beschwert.

»Könnte es sein, dass unter der Burg fässerweise Brausepulver liegt?«

Colin nickte. »Könnte sein. Wenn es das Zeug von damals ist, dann würde es sehr heftig mit Wasser reagieren. Es darf also nicht nass werden. Sonst kommt das große Blubbern, und das Geheimnis ist gelüftet.«

Wir schwiegen. Brausepulver unter unserer Burg! Es klang zwar verrückt, aber alle Puzzleteile passten.

Ich fragte mich nur, was die Rottens dazu gebracht haben könnte, so etwas zu tun. »Was ist das Motiv? Wieso nicht einfach die Müllabfuhr rufen, wenn sie das Zeug loswerden wollen?«

Colin dachte nach. »Das war garantiert Sondermüll. Den zu entsorgen, hätte bestimmt einiges gekostet. Und Rotten-Limo hatte in der Anfangszeit überhaupt kein Geld, nur Schulden. Die waren von meinem Opa geerbt, der hat die Fabrik einst aufgebaut.« Auch davon hatten wir gelesen. Colins Großvater hatte Putzmittel hergestellt und war pleitegegangen.

»Aber wieso hat das niemand gemerkt? Sondermüll zwischen dem ganzen Sperrmüll – das hätte doch auffallen müssen!«, überlegte ich.

»Nicht, wenn die Halde danach gleich zugeschüttet wird. Der Artikel über den Diebstahl war ungefähr fünf Jahre alt. Colin, wann war denn das Waldmeister-Desaster?«

»Debakel. Waldmeister-Debakel«, sagte Colin. »Ich war zehn. Also, ja, kommt hin: etwa vor fünf Jahren.«

Uzi sah uns triumphierend an. »Ich fasse zusammen: Die Rottenbrüder haben vor fünf Jahren Brausepulver-Sondermüll am Toten Winkel verscharrt. Jetzt ist der Boden komplett durchweicht und die Sache droht aufzufliegen, wenn das Hochwasser weiter steigt.«

»Und deshalb müssen die Biber dran glauben!«, sagte Colin düster.

»Werden sie aber nicht!«, verkündete Uzi entschlossen. »Das verhindern wir. Wir plaudern jetzt ihr Geheimnis aus. Wer ist dabei?«

Wir sahen zu Colin. Wie er sich auch entschied, irgendwen würde er enttäuschen müssen – die eigene Familie. Uns. Die Biber. Schließlich atmete er tief durch und sagte: »Also los!«

Uzi strahlte ihn an wie die Morgensonne. Musste das sein? Klar, Colin war jetzt unser Verbündeter. Aber …

»Simon, alles klar?«

Uzi riss mich aus den Gedanken. Und sie strahlte wieder, diesmal nur für mich. Und ich war ganz sicher: noch ein paar Grad wärmer als eben!

»Ja, klar. Also los!«

Fünf Minuten später klopften wir an die Tür der Bauleiterinnenhütte. Mal wieder. Als Julia von Ebersau öffnete, fingen wir alle gleichzeitig an, auf sie einzureden, bis sie den mehrstimmigen Schwall abwürgte und uns auf eine schmale Bank dirigierte.

Ungeduldig berichteten wir abwechselnd, was wir uns aus dem Video, den Zeitungsartikeln, dem, was Colin wusste, und all den Merkwürdigkeiten der letzten Tage zusammengereimt hatten. Dass die Rottens Fässer mit Brausepulver-Sondermüll unter der Burg entsorgt hatten, die keine große Feuchtigkeit vertrugen. Dass uns noch nicht so ganz klar war, wie sie dorthin gelangt waren. Aber dass wir ganz sicher waren, dass das Pulver der Grund dafür war, dass die Rottens den Bibern an den Kragen wollten. Denn auch deren Krankheit war nur eine Erfindung der beiden Brausebrüder. Niemand litt an Biberfieber! Doch die Viecher drohten das Geheimnis der Rottens zu lüften, wenn sie weiterhin den Fluss aufstauten. Darum sollten sie möglichst schnell und ohne viel Mitleid um die Ecke gebracht werden.

Als wir fertig waren, stemmte die Bauleiterin ihre Hände in die Hüften und sagte: »Leute, das sind wirklich schwere Anschuldigungen.«

»Aber wir können sie beweisen«, sagte Colin. »Ich kann Ihnen das Video vorspielen, wenn Sie wollen?«

Die Bauleiterin nickte und sah schweigend zu, als Christian Rottens Telefonat über das Display flimmerte. Als Colin die Stopptaste drückte, schüttelte sie den Kopf. »Wie soll ich unter diesen Umständen eine Burg bauen, bitte!?« Sie stand auf und begann, zwischen ihrem Schemel und dem Eingang hin und her zu tigern. »So ein verdammter Mist! Was soll ich denn jetzt machen?«

»Na, die Jagd abblasen, ist doch klar!«

»Und dann?«

»Dann sollen die Rottens reinen Tisch machen und sagen, was sie hier wirklich für ein Spiel spielen!«, sagte Uzi.

»Und wenn es dumm läuft, verliert mein Projekt seine wichtigsten Geldgeber und wir können hier dichtmachen, oh Mann!« Uzis Mutter unterbrach ihr Getiger. »Okay, passt auf! Ich fahre sofort zu Gulo. Er ist der Einzige, der uns Klarheit bringen kann, ob hier irgendein Mensch, Biber oder sonst wer an Tularämie leidet, oder nicht.«

»Aber Mama, das wissen wir schon! Er hat nur Grippe. Simon und ich waren doch bei ihm.«

»Aber ich nicht. Liebe Tochter, das muss ich wirklich mit eigenen Augen gesehen haben. Die Jagd ist erst morgen. Falls nötig, kann ich sie immer noch abblasen.« Mit einem knappen »Wir sprechen!« stürmte Julia von Ebersau aus der Tür.

Ich blickte ihr ratlos hinterher. Natürlich war ich froh, dass Uzis Mutter den Dingen endlich auf den Grund gehen wollte. Aber dass sie jetzt zu Gulo fuhr, war komplette Zeitverschwendung. Aus meiner Sicht zumindest. Wäre ich ein Biber gewesen, ich hätte mir langsam ernstlich Sorgen um mein Leben gemacht.

19. KAPITEL
DIE ABSCHUSSPRÄMIE

FREITAG, 12. JULI, ZUR MITTAGSZEIT

Als wir zu dritt aus der Hütte traten, läutete die Glocke zur Mittagspause. Ich sah, wie Truschel und Theophraste, Götz, Arno und die anderen zum Essenszelt trotteten. Mein Magen knurrte. Mir fiel ein, dass ich schon das Frühstück verpasst hatte.

»Kommt«, sagte ich zu Uzi und Colin. »Lasst uns was essen.«

Uzi nickte. Colin zögerte. Ich sah, dass ihm irgendein doofer Spruch über traurige Graupengrütze oder fade Mehlfladen auf der Zunge lag. Doch er schluckte ihn herunter und würgte ein »meinetwegen« hervor.

Im Zelt holte ich uns drei Holznäpfe voll dampfender Suppe an unseren Platz. Immerhin, heute gab es eine Art Gemüseeintopf. Das würde vielleicht sogar unserem verhätschelten Rottensohn schmecken. Tapfer tauchte er seinen Löffel hinein und probierte.

»Na, schmeckt's?«, strahlte Uzi ihn an.

»Ich werd's überleben«, lächelte er zurück. Geht doch, dachte ich. Nur das Lächeln könnte er sich sparen. »Aber ganz schön wässrig, das Zeug. Gibt es hier irgendwo Salz?«

Nun grinste Uzi mich breit an. »Dein Einsatz«, sagte ihr Blick.

»Klar. Wenn du adlig oder sonst wie wohlhabend bist.«

Colin glotzte blöd.

Ich genoss den Moment: »Willkommen im Mittelalter. Salz ist hier purer Luxus. Und von Pfeffer fange ich erst gar nicht an.«

Colin zuckte mit den Schultern: »Egal. Ist bestimmt gesünder so.«

Ich schob mir auch einen Löffel voll in den Mund. Glitschige Lauchfäden glitten über meine Zunge. Und Colin hatte natürlich recht: fad wie zwei Stunden Nachsitzen.

In dem Moment entstand Unruhe am Zelteingang. Julia von Ebersau trat ein, in wenigen Momenten waren alle Gespräche verstummt, Uzis Mutter hatte die volle Aufmerksamkeit.

Sie nutzte sie: »Liebe Leute, bitte lasst euch nicht beim wohlverdienten Mahle stören. Ich wollte nur sehen, ob alles recht ist. Und …«, sie machte eine kurze Pause und holte tief Luft, »und ich wollte euch informieren, dass ich für einen wichtigen Termin in die Stadt fahren muss.« Sie erblickte uns in unserer Ecke und nickte uns zu. »Bitte macht hier weiter wie gehabt.«

Sie lächelte noch einmal in die Runde und wollte sich gerade zum Gehen wenden, als Theophraste aufstand. »Edle Herrin, darf ich fragen, was euch mit solcher Dringlichkeit von uns und diesem Orte fortruft?«

Julia von Ebersau zögerte einen winzigen Moment lang. Damit hatte sie nicht gerechnet. Aber sie fing sich schnell wieder: »Es ist Bruder Gulo. Es geht ihm noch immer kaum besser, und ich will sehen, was ich für ihn tun kann. Ich bitte euch, tut eure Arbeit. Die Abflussgräben werden am Ende ihren Zweck erfüllen, daran habe ich keinen Zweifel. Und dann geht alles wieder seinen gewohnten Gang. Gehabt euch wohl!« Dann eilte sie davon.

»Bevor die Biber hinüber sind, geht hier gar nichts irgendeinen Gang!«, rief Götz ihr hinterher. Gerade so laut, dass er sicher sein konnte, von der Bauleiterin nicht mehr gehört zu werden. Danach wandten sich alle wieder ihren Suppennäpfen zu. Und auch wir waren drauf und dran, unsere Diskussion fortzusetzen, als sich der Zelteingang wiederum öffnete. Colin erstarrte.

»Scheiße«, entfuhr es ihm.

»Yep. Und zwar im Doppelpack«, murmelte Uzi.

Ich drehte den Kopf über die Schulter. Es waren die Brausebrüder. Wo kamen die denn jetzt her?

»Gott zum Gruße, sehr verehrte Damen und Herren. Lassen Sie sich die salzlose Suppe schmecken. Wir waren nur zufällig in der Gegend, nicht wahr?«, grinste Colins Vater in die Runde.

Wer's glaubt!

»Ja«, assistierte sein Bruder. »Baufortschritt begutachten. Oder besser den Gräbenaushebefortschritt. Wie läuft es?« Ohne eine Antwort abzuwarten, fuhr er fort: »Alles in Ordnung?«

»Witzig!« Das war Götz, wer sonst?

»Nein?« Colins Onkel sah den Töpfer betont erstaunt an.

»Nein«, entgegnete der. »Was soll denn der ganze Mist? Gräben ausheben, für die Jagd üben … wann können wir hier mal mit dem weitermachen, weshalb wir eigentlich da sind? Und dann lässt uns unsere Burgherrin auch noch sitzen, um eine Krankenvisite zu machen.«

»Visite?«, hakte Cay Rotten nach.

»Ja. Sie will in die Stadt und Gulo besuchen. Weil es dem wohl noch immer nicht besser geht.«

»Ah«, sagte Cay.

Die Rottens tauschten einen kurzen Blick aus. Er fiel niemandem weiter auf. Außer natürlich Uzi, Colin und mir.

»Ah«, wiederholte Christian. »Gut, ja. Wir … wir sind gleich wieder da. Entschuldigen Sie uns einen Moment.«

Schulterzuckend wandte sich Götz erneut seinem Essen zu, während die Rottens eilig aus dem Zelt stolperten. Wir aber sahen uns an. Uzi und Colin dachten vermutlich dasselbe wie ich: Das Stichwort »Gulo« hatte gewirkt.

Doch da kamen die beiden schon wieder rein. »Wenn wir, sehr verehrte Damen und Herren, noch einmal um Ihre Aufmerksamkeit bitten dürften.« Christian hielt kurz inne, bis er sicher war, dass auch wirklich jeder zuhörte. »Wir möchten Ihnen einen Vorschlag unterbreiten. Wie heißt es so schön? Was du heute kannst besorgen, das verschiebe nicht auf morgen. Da Sie hier ja bis auf Weiteres ohne Bauleitung sind, möchten wir anregen, die Zeit zu nutzen, und … nun ja, ich denke, es wäre im Interesse aller, dass – «

» … die Jagd noch heute Nachmittag beginnt«, kürzte Cay Christians Geschwafel ab.

Das saß. Er hätte auch sagen können, wir hätten alle im Lotto gewonnen. Oder ein Angriff von Außerirdischen stehe unmittelbar bevor. Das Durcheinander wäre kaum größer gewesen. Da war Götz, der sofort auf den Vorschlag ansprang. Truschel, der zu beschwichtigen versuchte. Der Korbflechter, der einwandte, dass seine Fallen noch nicht fertig seien. Und Meister Arno, der rief: »Wir müssen noch üben!«, und wie zum Beweis einige krumme Pfeilspitzen in die Höhe hielt.

Das Für und Wider, Hin und Her wäre vermutlich endlos weitergegangen, hätte Colins Vater nicht in diesem Moment das entscheidende Ass aus dem Ärmel geschüttelt: »Ruhe, bitte Ruhe, meine Damen und Herren. Vielleicht hilft Ihnen folgender Hinweis bei Ihrer Meinungsbildung: Mein Bruder und ich möchten das Ganze auch unter sportlichen Gesichtspunkten sehen. Ein bisschen Wettbewerb, nicht wahr? Daher möchten wir eine Art … sagen wir: Abschussprämie ausloben. Für jeden erlegten Biber belohnen wir den glücklichen Jäger mit Rotten-Limo-Aktien im Wert von 500 Euro und Brause frei Haus für ein ganzes Jahr. Frau Theophraste, bitte helfen Sie uns, die Köder auszulegen, um die Tierchen anzulocken.«

Einen Moment lang herrschte Stille, dann schlug Götz auf den Tisch: Bäng – bäng – bäng – bäng! Immer wieder. Und nach ein paar Schlägen lieferte der Töpfer den Text zum Takt seiner Faustschläge: »ZU! DEN! WAF! FEN! ZU! DEN! WAF! FEN!«

Er blieb nicht allein. Immer mehr von uns fielen in seinen Kampfgesang mit ein. Bis das ganze Zelt bebte und wummerte. Mir rutschte das Herz in die Magengrube.

Zum zweiten Mal nach dem verfrühten Besuch der Biberfrau hatten uns die Ereignisse überholt. Ich sah zu Uzi und Colin. Sie waren kreidebleich.

20. KAPITEL
DIE PIZZA

FREITAG, 12. JULI, KURZ NACH MITTAG

Die Rottens hatten den Beginn der Jagd auf halb zwei gelegt. In einer Stunde würde das Morden beginnen. Krumme Pfeile oder nicht, die Biber hatten keine Chance, da war ich mir sicher: Die Aussicht auf Geld und Limo für lau hatte die Meute aufgeputscht.

Ich hatte Colin und Uzi unauffällig aus dem Zelt gelotst. Wir gingen weg von dem Lärm und Richtung Burgturm.

Uzi fand als Erste die Sprache wieder. »So, Jungs, Konzentration, bitte. Wir brauchen einen Plan. Und zwar schnell. Welche Möglichkeiten haben wir?«

»Die Polizei anrufen?«, schlug ich vor.

Uzi wischte mit der Hand durch die Luft, als wolle sie meinen Vorschlag in einen unsichtbaren Mülleimer kehren. »Die legen auf, bevor wir auch nur die halbe Geschichte erzählt haben. Das klingt viel zu irre. Die werden doch denken, wir wollen sie verarschen. Schlechter Telefonstreich oder so.«

»Und wenn du wieder die Stimme verstellst und auf erwachsen machst, wie bei den Umweltfuzzys?«, warf ich ein.

Uzi schüttelte den Kopf. Und wischte auch diesen Vorschlag in die Tonne.

Zwei Ideen in unter einer Minute, zweimal abgelehnt. Ich seufzte.

»Nicht so schnell, wir haben immerhin das Video«, meldete sich da Colin zu Wort. Ich blickte hoch und fing seinen Blick auf. »Ich fand deine Vorschläge gar nicht so blöd«, schien der zu sagen.

Und was machte Uzi? Klar, eine wegwerfende Handbewegung: »Ist ein super Film. Aber falls ich euch daran erinnern darf: Das Wort ›Biber‹ kommt darin nicht vor.«

»Okay, Prinzessin«, erwiderte Colin etwas gereizt. Offensichtlich ging er mit Abfuhren anders um als ich. Vielleicht konnte man von dem Kerl ja doch noch mehr lernen als Segway fahren. »Hast du eine Idee, die uns weiterbringt? Oder kannst du nur alles miesmachen, was Simon und ich aus dem Hut zaubern?« Er sah sie erwartungsvoll an. Doch Prinzessin Utzgard schwieg ratlos.

In der Stille hörte ich plötzlich das Geräusch hastiger Schritte hinter uns. Ich blickte mich um, doch ich sah niemanden. Wer auch immer uns folgte – er hatte seinen Weg so gewählt, dass er hinter Hütten, Bäumen und Zäunen verborgen blieb. Wollte uns jemand ausspionieren?

Ich stupste Uzi an. Sie nickte, sie hatte es auch gehört. Die Schritte waren jetzt ganz nah bei uns, hinter der Schmiede.

Ich zögerte. Aber Uzi lief entschlossen los und ging an der Wand der Hütte entlang. Ich und Colin hinterher. Es war jetzt ganz still, offenbar war der Unbekannte stehen geblieben. Für uns waren es noch drei Schritte bis zur Ecke, dann würden wir unserem Verfolger ins Auge sehen. Zwei Schritte. Noch ein Schritt. Und …

»Hallo Kinder!« Truschel stand vor uns, er sah ernst aus.

»Wieso schleichst du uns hinterher?«, fragte Uzi unwirsch.

»Ich möchte etwas mit euch besprechen.«

»Was denn?«, fragte Uzi.

»Ich muss dringend telefonieren und wollte euch fragen, ob ihr mir ein Handy leihen könnt.«

Uzi entsperrte ihr Display und reichte ihm das Telefon. »Willkommen im 21. Jahrhundert.«

Truschel ignorierte den Spruch. Er wischte auf dem Display herum, offenbar suchte er eine Telefonnummer im Internet. Dann wählte er. Mit einem Fingertippen stellte er das Handy auf Lautsprecher.

Es klingelte drei Mal, dann meldete sich jemand. »Hallo, Frau Stracke!«, tönte es aus dem Gerät. Uzi riss die Augen auf.

Truschel auch. »Wieso Stracke? Mein Name ist Truschel von Nachtigall, nicht … äh, Frau Stracke!«, sagte Truschel irritiert. »Bin ich richtig beim Umweltamt?«

»Ja, sind Sie! Ich habe Ihre Nummer hier gespeichert, und zwar als die Nummer von Frau Stracke!«, hörten wir die Stimme der Sekretärin. »Die Frau Stracke, die hier gestern angerufen hat, wissen Sie?«

»Nein, weiß ich nicht«, erwiderte Truschel. Er warf Uzi einen fragenden Blick zu. Sie wurde rot. Truschel sprach ins Telefon: »Es geht um die Biber am Toten Winkel. Sie sind in Lebensgefahr.«

»Ja ja, das hat Frau Stracke auch behauptet. Sie werden verstehen, dass ich da jetzt etwas misstrauisch bin. Beim letzten Anruf war auch nichts dran an den Beschuldigungen. Das hat unsere Biberbeauftragte schon überprüft. Und die Frau Stracke gibt es wahrscheinlich gar nicht, zumindest arbeitet sie nicht auf der Baustelle, wie ich gehört habe.«

»Ja, aber mich gibt es!«, sagte Truschel. Er klang ungehalten.

»Wie kann ich da sicher sein, Herr … Nachtigall? Wie dem auch sei, unsere Biberbeauftragte ist schon im verdienten Wochenende. Ich kann ihr die Nachricht leider erst am Montagmorgen zukommen lassen. Ihnen auch ein schönes Wochenende, und grüßen Sie Frau Stracke, wenn Sie sie treffen!«

Truschel ließ das Handy sinken und hielt es Uzi hin.

»Oh Ungemach! Utzgard, dass das Umweltamt deine Handynummer kennt, muss ich jetzt nicht verstehen, oder?«, seufzte Truschel. Dann richtete er sich mit einem Ruck auf. »Okay – ich hab's versucht und bin gescheitert. Nächster Punkt: Leute, ihr könnt während der Jagd nicht hier herumwuseln! Das ist viel zu gefährlich. Ich will, dass ihr euch ab zwanzig nach eins in der Bauleiterinnenhütte aufhaltet. Und dort bleibt ihr, bis ich euch wieder heraushole. Klar?«

Ich nickte. Truschel klopfte mir auf die Schulter und ging davon.

»Und jetzt?«, fragte ich.

»Jetzt sollte uns langsam mal was einfallen«, sagte Colin. »Sonst gibt's ab morgen drei Wochen lang Bibergulasch.«

»Colin, das wäre echt lustig, wenn es nicht die Wahrheit wäre. Das ist das Ende der Biber!«, sagte Uzi. »Dein Vater lässt sie töten! Und das alles nur, damit keiner erfährt, was er und sein Bruder hier unter der Burg eingelagert haben!«

»Wenn sein Plan gelingt, dann wird es auch nie jemand herausbekommen«, sagte Colin. Und nach einer Pause: »So schnell arbeiten die Biber leider nicht.«

»Wieso? Wie schnell?«, fragte Uzi.

»Na, wenn sie etwas flotter wären mit dem Dammbau, dann würde das Wasser schneller steigen. Nehmen wir mal an, sie legen den Turbogang ein und in einer halben Stunde steht das Wasser am Wagenrad auf neun Uhr. Dann fliegt das Geheimnis meines Vaters auf. Hat er ja selber so gesagt. Wenn das Wasser über die Achse steigt, wird das Geheimnis nicht mehr geheim sein! Wenn die Biber die Neun-Uhr-Marke reißen, bevor die Jagd beginnt, wären sie gerettet.«

»Wären sie«, sagte ich. »Sie schaffen es aber nicht.«

Stille.

»Und wenn wir ein bisschen nachhelfen?«, fragte Uzi.

Genial, das war's! Nach kurzer Diskussion war alles geregelt: Wir würden das Wasser zur Burg hin umleiten und so das Geheimnis der Rottens lüften. Dafür müssten wir alle Sandsäcke von der Burg wegbugsieren und in den Abflussgraben stapeln, um ihn zu blockieren. So würde sich das Wasser viel schneller aufstauen. Die Katastrophe, vor der die Rottens sich so fürchteten, wäre herbeigeführt – und die Biber wären gerettet.

Wie genau diese Katastrophe aussehen würde? Die Frage stellten wir uns in diesem Moment nicht.

Wir liefen zum Burgturm. Uzi griff mit beiden Händen einen Sack, zerrte daran – nichts geschah!

»Ey, was wiegt der denn?«

Wir versuchten es zu dritt. Der Sack war nass und glitschig und schwer wie eine schlafende Kuh. Mühsam gelang es uns, ihn ein paar Zentimeter anzuheben.

»Stopp! Absetzen!«, rief Uzi. Wir ließen los, der Sack plumpste dumpf zurück an seinen Platz.

»Was ist?«, keuchte Colin.

»Das ist ein Fall für Saladin und Löwenherz!«

»Saladin …?«

»Die Pferde. Die schaffen das mit links. Und vor allem schneller!«

Mir graute vor den Schwarzwäldern. Aber Uzi hatte recht.

Wir rannten Richtung Koppel. Unterwegs machten wir am Brunnen halt, wo immer noch Colins Segway parkte. Wir hatten es eilig, aber wir kamen nicht weit. Als wir uns gerade wieder in Bewegung gesetzt hatten, Colin auf seinem Elektromobil, Uzi und ich zu Fuß, stellte sich uns eine Gestalt in den Weg. Ihre Nordic-Walking-Stöcke rotierten wie Windmühlen und ließen kein Durchkommen zu.

»Colin! Da bist du ja! Ich möchte, dass du sofort das Gelände verlässt!«

»Wieso denn, Paps?«, fragte Colin. Ganz Unschuld vom Lande.

»Diese Jagd ist ja wohl nichts für Kinder, nicht wahr? Geh dir jetzt am besten in der Stadt etwas kaufen. Ich glaube, du brauchst dringend … dringend ein neues Skateboard?«

Mit diesen Worten fummelte Rotten ein paar zerknitterte Geldscheine aus einer seiner Hosentaschen hervor und drückte sie Colin in die Hand. Colins Miene verriet nichts über seine Gedanken, totales Pokerface.

»Und um 17 Uhr 30 treffen wir uns in der Innenstadt beim Italiener. Pizza Angolo Morto mit extra Käse, du weißt schon. Gut. Und jetzt fahr bitte los.«

Colin ließ das Geld in seiner Tasche verschwinden. »Okay«, sagte er. Und zu uns gewandt: »Leute, wir sehen uns später.«

Dann rollte er los.

»Aber …!«, hob Uzi an. Doch Colin fuhr weiter, hob eine Hand und winkte. Fassungslos sah ich zu, wie er sich immer weiter entfernte.

»Und was treibt ihr hier?«, wollte Papa Rotten nun wissen.

»Wir arbeiten noch am Abflussgraben«, sagte ich schnell. »Aber ab 13.20 Uhr gehen wir in die Bauleiterinnenhütte, das haben wir mit Truschel so besprochen.«

»Gut«, sagte Rotten. Dann marschierte er mit schwingenden Stöcken davon.

Uzi und ich standen da wie gelähmt. Dass Colin sich einfach so aus dem Staub machen würde, hatte uns überrumpelt. Und bitter enttäuscht.

»Ich glaube das nicht«, sagte Uzi. »Lässt Colin uns jetzt wirklich sitzen? Macht der denn alles, was sein Vater sagt?«

Oder war er schlicht bestechlich? Ich hatte ihm seine Kehrtwende vom Fiesling zum Verbündeten abgenommen. Aber Colin war soeben mit dem Geld seines Vaters in der Tasche abgesurrt. Es sah ganz so aus, als hätte er sich kaufen lassen. Für ein neues Skateboard und eine Pizza hatte er die Biber verraten. Und uns.

Uzi streckte mir ihr Telefon hin. Die Uhr auf dem Display zählte unerbittlich die Zeit herunter. Uns blieben nur noch 36 Minuten.

21. KAPITEL
DER BLÜMCHENSOCKEN-DRUCKVERBAND

FREITAG, 12. JULI, AM FRÜHEN NACHMITTAG

Wir rannten Richtung Pferdekoppel, quer über das Gelände, auf dem gestern noch die Jäger ihre Schießübungen gemacht hatten. Jetzt war kein Mensch zu sehen. Alle hatten sich im Essenszelt zu einer letzten Lagebesprechung versammelt. Die Rottens stellten ihren Schlachtplan vor. Schließlich wollten sie vermeiden, dass die Jäger kreuz und quer durch den Wald wuselten und sich aus Versehen gegenseitig erlegten. Für uns war das natürlich gut: Wenn alle im Zelt waren, konnte sich niemand fragen, was der Praktikant und die Bauleiterinnentochter da gerade mit den Sandsäcken und den Pferden anstellten. Die Zeit war knapp, aber wir wussten, dass unser Plan funktionieren konnte.

Wenn alles glattginge.

Es ging dann aber schon wieder etwas schief. Uzi sprang mit einem großen Satz über eine Matschpfütze. Als ihr rechter Fuß am Boden aufkam, stieß sie einen Schrei aus und fiel hin.

Ich mag kein Blut, doch davon floss in dem Moment ziemlich viel. Eine der Pfeilspitzen unseres Schmiedes war offenbar nach dem Training liegen geblieben. Und Uzi hatte sie wiedergefunden. Leider mit dem Fuß. Das Eisen hatte sich durch die Sohle ihres Gummistiefels direkt in ihren großen Zeh gebohrt.

Uzi war erstaunlich gelassen. Sie rupfte das Eisen aus der Sohle und zog sich den Stiefel sowie ihren einstmals bunt geblümten und nun blutverschmierten Socken aus. In ihrer Zehe klaffte eine tiefe Wunde. Sie wickelte den Socken darum und knotete ihn fest. »Druckverband!«, sagte sie. Dann streckte sie den Fuß hoch in die Luft, damit die Blutung aufhörte. Mir wurde schummrig.

»Du, Simon, ich kann im Moment leider nicht gehen«, sagte sie.

Das sah ich.

»Du musst allein weiter. Hol Saladin.«

Ich hatte keine Ahnung, wie ich Saladin von Löwenherz unterscheiden sollte. Aber das Hauptproblem lag natürlich woanders.

»Simon, beeil dich! Und bring das Geschirr mit!«

»Was für Geschirr?«

»Um die Säcke wegzuziehen. Du musst es nicht anlegen, nur mitbringen. Ich mach das dann.« Sie meinte offenbar weder Teller noch Tassen, sondern irgendwelches Pferdezeug. Aber darauf kam es jetzt auch nicht mehr an. Was Uzi von mir verlangte, war unmöglich. Für mich jedenfalls.

Ich schüttelte den Kopf. Damit war unsere heldenhafte Geschichte von der Biberrettung hier und jetzt zu Ende. Ich konnte das nicht alleine stemmen. Ich konnte kein Pferd fangen. Punkt.

Da piepste Uzis Handy.

Sie hielt mir das Display hin und wir lasen:

Cool bleiben! Bin noch an Bord! Wollte Paps nicht misstrauisch machen. Hatte aber eine Idee und musste deshalb nach Hause. Komme in 20 min wieder. Mit fettem Sound ☺ ☺ ☺ Colin

Fetter Sound? Ich wusste nicht, was ich denken sollte.

Uzi sah mich an. »Mensch, Simon, Colin ist vielleicht gar kein Verräter!« Sie machte eine Pause. »Aber ein bisschen klarer könnte er sich schon ausdrücken. Selbst wenn er zurückkommt – in 20 Minuten ist es zu spät.«

Ich sah in Uzis riesengroße knallgrüne Augen, dann auf ihren Fuß in dem blutgetränkten Blümchensockendruckverband, den sie immer noch gen Himmel streckte. »Bitte, Simon! Jetzt liegt es an dir. Lass uns nicht hängen. Erzähl Saladin, was los ist! Er versteht alles.«

Ich weiß bis heute nicht, ob Uzi das ernst gemeint hat. Aber dann griff sie meine Hand. Was mit dem hochgestreckten Fuß bestimmt nicht so leicht war. »Versuch es wenigstens.« Sie drückte meine Finger und mein Herz wurde weich wie Hefeteig. »Bitte!«

Ich schluckte. Dann gab ich mir einen Ruck. »Und dieses Besteck erkenne ich … woran genau?«, fragte ich.

»Geschirr! Hängt am großen Holzhaken rechts«, strahlte Uzi.

Kurz darauf stand ich mit Knien aus Gummi auf der Pferdekoppel. Ich versuchte mich so selbstsicher zu bewegen, wie Uzi das getan hatte, als sie mit mir hier gewesen war. Es klappte kein bisschen.

»Saladin!«, krächzte ich. Bestimmt konnten die Tiere meine Angst heraushören. Bisher ignorierten sie mich. »Saladin!«, rief ich noch einmal. Diesmal lauter. Nichts.

Ich hörte, wie mein Herz klopfte. Ich musste mich irgendwie ablenken und ruhiger werden. Mir Mut machen.

Weil mir nichts Besseres einfiel, pfiff ich ein Lied. Mein eigenes.

Es war einmal ein Gottesmann,
Der sah den Speiseplan sich an.
Es sollte wieder Grütze geben,
Da sagte er sich: »Nie im Leben …«

Es war ganz still, man hörte nur diese leise Melodie und das Schnauben der Pferde. Und dann geschah etwas Unerwartetes: Eines der massigen Tiere hob den Kopf. Es kam langsam auf mich zu und blieb genau vor meiner Nase stehen. Es wieherte leise und sah mich an.

»Bist du Saladin? Du musst mir helfen«, sagte ich. »Ich brauche dich, um die Biber zu retten. Komm mit!«

Mit zitternden Fingern umklammerte ich das Halfter. Als ich gerade daran ziehen wollte, setzte sich das Tier ganz von allein in Bewegung.

Ich führte Saladin von der Koppel, schloss das Gatter, und lud mir alles auf die Schultern, was am rechten Haken hing. Ein Gewirr an Riemen, Ösen und Gedöns. Gefühlte 50 Kilo schwer. Ich kam mir selber vor wie ein Lastpferd. So trotteten wir nebeneinanderher, Saladin und ich, er schnaubend, ich pfeifend. Ohne Zwischenfälle.

Bei Uzi angekommen, half ich der Verletzten auf den Pferderücken und führte Saladin weiter zum Burgturm. Den durchbohrten Gummistiefel ließen wir zurück.

In kurzer Zeit hatte Uzi auf einem Bein hüpfend dem Pferd das Geschirr angelegt. Dann ließ sie sich auf einen Sandsack plumpsen und legte ihren verletzten Fuß hoch. Ich holte Seile aus einer Hütte und band damit den ersten Sack am Zugriemen fest. Weil Uzi nicht gehen konnte, war es nun meine Aufgabe, Saladin zu führen und ihm gut zuzureden.

Ich weiß nicht wie, aber es gelang.

Der Sack bewegte sich mit einem Ruck. Uzi rief mir Anweisungen zu, und ich wies Saladin den Weg. Kurze Zeit später ließ ich den Sack in den Entwässerungsgraben plumpsen.

Als ich das nächste Mal auf Uzis Uhr sah, zeigte sie 13 Uhr 21 Minuten. Der Ablaufgraben war nun von acht Säcken verstopft. Das umgeleitete Wasser floss langsam zur Burgmauer, der Pegel dort kletterte – wie in Zeitlupe, aber unübersehbar höher und höher. Er stand jetzt ungefähr bei acht Uhr fünfundfünfzig. Wir hatten noch einen Haufen Säcke vor uns. Und in neun Minuten sollte die Jagd beginnen.

22. KAPITEL
DER DISCO-HIT

FREITAG, 12. JULI, AM FRÜHEN NACHMITTAG

Später erfuhr ich, was sich im Zelt abgespielt hatte, während wir an der Burgmauer schufteten. Truschel versuchte bis zum Ende, den Rottens die Biberjagd auszureden. Und wurde schließlich von den anderen niedergebrüllt, sodass er unter Buhrufen das Treffen verließ. Anschließend suchte er uns in der Hütte der Bauleiterin. Da waren wir natürlich nicht, trotz meines Versprechens. Schließlich spürte er uns am Burgturm auf. Uzi lag auf einem Sack, ich führte Saladin am Halfter.

»Was macht ihr mit dem Pferd?«, rief er. Er starrte auf den Graben. »Ihr leitet das Wasser in die falsche Richtung! Was soll das?«

Bevor wir antworten konnten, rief er: »Utzgard, du blutest ja! Und wo ist dein Schuh?«

»Wir können das alles erklären«, sagte Uzi. »Aber nicht jetzt.«

Ich stieß einen sanften Pfiff aus, damit Saladin schneller ging. Es war erstaunlich, aber meine Angst vor ihm war irgendwie verschwunden. Jedenfalls fast.

»Ich möchte, dass ihr sofort in die Bauleiterinnenhütte geht!«

»Das geht jetzt aber nicht!«, erwiderte Uzi energisch. »Wir sind ganz kurz vor dem Ziel!«

»Welches Ziel, bitte?«

»Biber retten.«

»Spinnt ihr? Ihr solltet lieber euch selbst retten! Sobald diese Irren loslegen und ihre krummen Pfeile durch die Gegend schießen, ist hier keiner mehr sicher!«

»Aber Truschel«, erwiderte ich. »Die gehen doch in den Wald und an den Fluss. Glaubst du wirklich, ein Pfeil kann so krumm sein, dass er sich bis hierher verirrt?«

»Simon, sicher ist sicher.«

Ich zuckte mit den Schulten und löste Sack Nummer neun, er plumpste in den Graben.

Truschel ließ sich neben Uzi auf den Boden fallen. Er schüttelte den Kopf. »Offenbar sind hier jetzt alle verrückt geworden. Ich bleibe jedenfalls bei euch, bis die Gefahr gebannt ist. Das ist meine Pflicht.«

»Du könntest mit anpacken«, schlug ich vor.

»Nicht, solange ich nicht weiß, was ihr da treibt.«

»Truschel, es geht um Leben und Tod!«, rief Uzi. »Das Wasser muss steigen, und zwar schnell! Wir haben nur noch ein paar Minuten Zeit!«

Truschel schüttelte wieder den Kopf. »Leuchtet mir nicht ganz ein. Aber wenn ihr es so eilig habt, wieso nehmt ihr nicht immer zwei Säcke zugleich?«

Dass wir darauf nicht selbst gekommen waren! Wir schafften die restlichen acht Säcke in sechs Minuten. Dann schirrte ich die langen Leinen von Saladin ab.

»Hat vielleicht jemand einen Apfel oder eine Karotte dabei?«, fragte Uzi.

»Nein. Wieso?«

»Für Saladin«, sagte sie. »Der hat sich langsam mal eine Belohnung verdient. Bestimmt hat er Hunger.« Uzi zuckte die Schultern. Saladins Mittagessen würde warten müssen.

Der Abfluss war nun komplett verstopft, das Wasser schwappte an der Burgmauer hoch. Und immer noch kroch der Pegel am Wagenrad höher. Es fehlten nur noch Millimeter. Wenn unser Plan funktionierte, würden wir gleich aufdecken, was die Rottens so dringend zu verbergen suchten.

Uzi hielt mir ihr Handy hin. 13 Uhr 29 Minuten.

Da ertönte vom Küchenzelt ein blechernes Tröten. Cay Rotten stand am Eingang, eine Art Trompete im Gesicht. Wo hatte er die denn jetzt her? Im Laufschritt eilte fast die gesamte Belegschaft der Burgbauer aus dem Zelt. Alle waren irgendwie bewaffnet. Meister Götz und Ambrosius, der Bäcker, trugen Pfeil und Bogen. Ich erkannte trotz der Entfernung, dass die Geschosse nun tatsächlich Federn am Schaft hatten. Der Schmied, der seinen Pfeilen offenbar trotzdem nicht traute, hielt eine mächtige Eisenzange in der Hand. Ich sah, dass der Koch ein riesiges Küchenmesser bei sich hatte. Ich erkannte Knüppel, Hacken, Hämmer. Christian Rotten schleppte ein Netz hinter sich her.

»Das Ende der Biber«, raunte Truschel düster.

Der Jagdtrupp verschwand im Wald. Nur ein kurzer Fußmarsch trennte sie von der Biberburg.

Ich sah zum Karren. Der Pegel stand unverändert knapp unter neun Uhr.

»Wir müssen sie aufhalten!«, sagte Uzi.

»Aber wie?« Ich war ratlos. Wie sollten wir diese aufgeheizte Meute stoppen?

Uzi humpelte zu Saladin und vergrub ihr Gesicht in der Mähne des mächtigen Tieres. Ich dachte, sie weinte. Aber ich täuschte mich. Natürlich.

Mit einem flinken Sprung zog Uzi sich auf Saladins Rücken.

»Ich mach das!«, sagte sie trotzig und gab Saladin einen Klaps.

»Stopp, das ist zu gefährlich!«, riefen Truschel und ich wie aus einem Mund.

Aber da waren die beiden schon losgetrabt, direkt auf den Waldrand zu. Und ich tat etwas ziemlich Bescheuertes: Ich rannte hinterher.

Tja, und Truschel?

Der spurtete mir in einem Tempo nach, das ich diesem Pinsel niemals zugetraut hätte. Es muss ein irres Bild gewesen sein: Ein Mädchen mit blutverschmierter Socke, ohne Sattel auf einem riesigen Kaltblüter. Gefolgt von einem Jungen im schlammverkrusteten Leinenkittel. Zum Schluss ein langhaariger Mann in Strumpfhosen und Brokatweste. Die Laute, die ihm an einem Band über der Schulter hing, gab bei jedem Schritt einen dumpfen Akkord von sich. Ich glaube, das Teil war das Einzige, was Truschel daran hinderte, mich einzuholen.

Saladin war schwerfällig, er trabte nicht besonders schnell. Ich blieb dicht dran, bis zum Waldrand. »Stopp!«, keuchte ich.

In dem Moment blieb Saladin wirklich stehen. Hatte er auf mich gehört? Nein, irgendetwas am Boden hatte sein Interesse geweckt. Erst im zweiten Moment sah ich die Karotte, die dort auf dem Pfad lag.

Ein Biberköder, schoss es mir durch den Kopf – präpariert mit Theophrastes Hexenkräutern!

Bevor ich dazwischenspringen konnte, ließ Saladin das Gemüse in seinem Maul verschwinden. Es knackte laut, Pferdegebiss auf Karotte, als er das Teil zerkaute.

»Saladin! Nein! Das ist Schlafmittel«, stöhnte ich. Uzi blickte mich entsetzt an. Und Saladin? Der hatte noch weitere Karotten am Boden entdeckt, und knurpste friedlich vor sich hin. Uzi sprang von seinem Rücken und versuchte ihn wegzuziehen. Vergeblich. 600 Kilo halt!

In der Ferne sah ich die Jäger. Unaufhaltsam schritten sie auf die Biberburg zu. Ohne nachzudenken, rannte ich hinterher. Uzi blieb zurück und zerrte – nun mit Truschels Hilfe – an dem Pferd, dem die Karotten ganz hervorragend schmeckten.

Ich sah, wie die Jäger ihre Schritte verlangsamten. Sie wollten keinen Lärm machen, der die Biber verscheuchen könnte.

Christian Rotten stoppte den Trupp schließlich mit einer Handbewegung. Götz und Ambrosius nahmen am Wasser Aufstellung.

Einen Augenblick später erkannte ich, warum. Der Biber mit dem goldenen Fell saß in einiger Entfernung am Ufer. Aber nicht allein, zwei kleinere Tiere hockten neben ihm. Sie knabberten fröhlich an irgendetwas herum. Vermutlich ebenfalls Köder.

Die Bogenschützen legten an. Ihre Pfeile zielten genau auf den Goldbiber.

Ich wollte schreien, aber ich brachte nur ein heiseres Krächzen zustande. Doch es hätte mich sowieso niemand beachtet.

Denn im selben Moment schallte ein ohrenbetäubendes Dröhnen durch den Wald. Blitzschnell sprangen alle drei Biber ins Wasser und tauchten ab. Ich hörte ein rhythmisches Scheppern, das immer lauter wurde. Dazu sang eine mir wohlbekannte Stimme, allerdings stark verstärkt und verzerrt: meine eigene.

Es war einmal ein Gottesmann,
Der sah den Speiseplan sich an …

Bevor ich begriff, was passierte, sah ich Colin mit Höchstgeschwindigkeit auf seinem Segway heransurren. Er schanzte über eine Baumwurzel, machte eine 360-Grad-Drehung um die eigene Achse und fuhr weiter. Etwas an seinem Gefährt sah anders aus als sonst. Er hatte Lautsprecher an dic Lenkstange montiert, aus denen nun mit voller Kraft mein Lied dröhnte. Und auch daran war etwas anders. Colin hatte unter meinen Gesang und Truschels Lautenspiel wummernde Bässe und Elektrobeats gemischt. Mein Bardengesang klang wie ein Disco-Hit. Ich musste grinsen.

Es sollte wieder Grütze geben,
Da sagte er sich: »Nie im Leben!«
Er wollte Biber essen,
Doch hatte er vergessen
Des Bibers großen Schneidezahn –
Prompt nagt das Tier ihn an, den Mann!

Ich sah, wie Götz wutschnaubend den Bogen wegwarf und Ambrosius auf Cay Rotten einredete. Einige Jäger ballten die Fäuste, alle liefen durcheinander, es wurde unübersichtlich. Ich hatte kein gutes Gefühl bei der Sache.

Ich nehme an, dass zu diesem Zeitpunkt am Fluss ziemliches Geschrei herrschte, schließlich waren ziemlich viele Leute ziemlich sauer. Aber ich konnte davon nichts hören, weil Colins Beschallung alles übertönte.

Nun darbt der Gulo im Spital,
Erlebt dort schlimme Marterqual.
Und die Moral von der Geschicht':
Verschmähe uns're Grütze nicht!

Als der Song vorüber war, herrschte einen Moment lang eine beinahe gespenstische Stille. Dann ein Rufen: »Kleiner Rotten! Das wirst du uns büßen!«

Wie auf Kommando sprinteten sie los: Ein gutes Dutzend erwachsene Menschen in Wams, Kittel, Schürze oder wallendem Gewand stürmten dem Jungen auf seinem Elektromobil hinterher. Colin wendete in Rekordzeit, raste aus dem Wald auf die Lichtung und weiter Richtung Burg. Er gab Vollgas, aber der Abstand zu seinen Verfolgern schmolz Meter für Meter dahin.

Uzi preschte auf Saladin heran, bei dem das Schlafmittel aus den Ködern offenbar keine Wirkung zeigte. Aber auch die beiden konnten die wütenden Menschen nicht stoppen. Es waren einfach zu viele. Colin sah über die Schulter nach hinten. Gleich würden sie ihn von seinem Gefährt zerren.

Ich konnte nicht hinsehen. Ich schloss die Augen.

Da hörte ich einen dumpfen Knall, gefolgt von einem lauten Zischen. Als hätte jemand Zehntausend Limonadenflaschen zugleich aufgemacht. Es krachte ein zweites und drittes Mal. Ich öffnete vorsichtig die Augen. Colins Verfolger waren auf dem freien Feld vor der Baustelle stehen geblieben. Das Interesse an Colin hatten sie verloren. Sie starrten zur Burg. Die schien plötzlich in einem Meer aus grünem Schaum zu schwimmen. Wie ein Spiegelei auf Rahmspinat.

Mit jedem neuen Wumms spritzte eine giftgrüne Gischtfontäne meterhoch in den Himmel, gemischt mit Schlamm und Schutt. Der Schaum quoll aus Erdlöchern, umwaberte die Mauern und blubberte jetzt schon bis zur obersten Stufe der Wendeltreppe. Ein widerlich süßer Geruch legte sich wie eine Daunendecke über das Gelände. Ich hielt mir die Nase zu. Was auch immer die Rottens unter der Burg vergraben hatten – es verströmte ein unerträgliches Waldmeisteraroma.

23. KAPITEL
DAS WALDMEISTER-DEBAKEL #2

FREITAG, 12. JULI, AM NACHMITTAG

Eigentlich hätte ich jubeln müssen, denn unser Plan hatte funktioniert. Burg unter Wasser, Biber gerettet! Aber mir war nicht nach Jubel zumute. Denn, ehrlich gesagt: Ich war ziemlich erschrocken von dem, was unser kleiner Trick ausgelöst hatte. Jede neue Explosion ließ mich zusammenzucken, und der grüne Schaum machte mir Angst. Er stand mir bis zum Knie und prickelte unangenehm an meinen nackten Beinen. Am schlimmsten aber war der Gestank. Es roch so unbeschreiblich ekelhaft, dass mir die Tränen in die Augen traten.

Ich sah, etwas verschwommen, wie Cay Rotten zum Handy griff. Kurz darauf rauschte die Feuerwehr mit Blaulicht herbei. Polizisten machten sich daran, das Gelände um den Burgturm mit rot-weißem Plastikband abzusperren. Ein Feuerwehrmann in Schutzkleidung, die aussah wie ein gigantischer Müllsack, trieb unsere gesamte Mannschaft aus dem Schaum heraus. Dann standen wir am Rand der Absperrung und gafften. Ich hielt mich nah bei Uzi und Colin, etwas abseits von den Erwachsenen. Ein Polizist brachte Saladin zurück auf die Koppel.

Die Explosionen wurden nun seltener, schließlich blieben sie ganz aus. Langsam fiel auch der Schaum in sich zusammen, der eben noch als dichter Teppich den Erdboden bedeckt hatte. Jetzt hatten wir freie Sicht auf die Verwüstung.

Ich ließ den Blick über die Baustelle schweifen. Das Mauerwerk des Burgturms hatte offenbar nicht gelitten. Doch alles, was lose herumgelegen hatte, Werkzeuge, Steine, Bretter, Körbe, Säcke, war durchgewirbelt worden wie Socken im Schleudergang. Zwei Löschfahrzeuge standen wie gestrandete Wale inmitten des Durcheinanders.

Hier und da blubberte es noch grün aus Erdlöchern, sodass ich angespannt blieb: Wer wusste denn, ob uns wirklich schon die ganze Brühe um die Ohren geflogen war oder ob unter unseren Füßen noch Nachzügler auf ihren großen Auftritt warteten.

Am Eingang zum Sperrgebiet stand Uzis Mutter bei einem Polizeiwagen und diskutierte mit ausladenden Gesten. Uzi hatte sie sofort angerufen, als die Explosionen begannen.

Ich erkannte auch den weißen Geländewagen der Leute vom Umweltamt. Ich sah die Biberbeauftragte in ein hitziges Gespräch mit Truschel vertieft. Vielleicht klärten sie gerade die geheimnisvolle Identität von Frau Stracke.

Das Mittelalter war jedenfalls Geschichte. Wir waren endgültig im Hier und Jetzt angekommen, seit das erste Brausefass geborsten war.

»Wer von euch ist Colin Rotten?«

Ich blickte auf. Vor uns stand ein bärengroßer Polizist und hielt sich ein Taschentuch vor das Gesicht. An den Hosenbeinen des Mannes klebten Fetzen giftgrünen Schaums.

Colin, der unruhig an seinem Segway herumgefummelt hatte, sagte mit fester Stimme: »Ja, das bin ich.«

»Wir müssen deinen Vater und Onkel aufs Revier mitnehmen. Aussage aufnehmen«, brummte der Bär in sein Taschentuch. »Könnte eine Weile dauern. Sieht so aus, als gäbe es hier eine Menge zu erklären.« Er sah Colin durchdringend an. Dachte der Mann etwa, Colin würde auch etwas wissen?

Aber der blinzelte den Polizisten nur schweigend an. »Ja und?«, schien sein Blick zu sagen.

»Gibt es jemanden, der solange auf dich aufpassen kann?«

Den nächsten Blick kannte ich schon, ein echter Colin und zweifelsfrei zu deuten: »Aufpassen kann ich ganz gut auf mich selbst, du Clown, was denkst du eigentlich, wie alt ich bin?« Doch er sagte ganz ruhig: »Herr von Nachtigall ist da, falls etwas ist.«

Gute Improvisation. Respekt, der Junge konnte lügen, dass die Schwarte kracht!

»Von Nachtigall?« Der Polizist ließ sein Taschentuch sinken. Auch dem Polizisten stand deutlich ins Gesicht geschrieben, was er dachte: »Klar, und ich bin Isabella von Kastilien!«

»Das ist unser Barde. Und im echten Leben hat er natürlich einen anderen Namen«, sprang ich Colin bei. Auch wenn mir gerade auffiel, dass ich keinen Schimmer hatte, wie Truschel in Wahrheit hieß. »Er steht da mit Ihren Kollegen vom Umweltamt.« Ich zeigte mit dem Finger hinüber zu Truschel und der Biberfrau.

»Aha.« Der Beamte machte sich nicht die Mühe, meinem Hinweis zu folgen. »Na dann …«, sagte er noch. Er zerknüllte das Taschentuch, stopfte es sich in die Hosentasche und wandte sich zum Gehen.

Im selben Moment brach bei den Polizeiwagen Tumult aus. Zwei Beamte hatten gerade versucht, die Brausebrüder in eines der Fahrzeuge zu verfrachten. Doch die beiden wehrten sich mit Händen, Füßen und Nordic-Walking-Stöcken.

Der Bär beschleunigte den Schritt. Colin, Uzi und ich eilten hinterher.

»Was ist das Problem?«, knurrte der Mann, als wir fast bei den raufenden Rottens angelangt waren.

»Chef, die beiden Herren weigern sich einzusteigen.« Ein junger, schmächtiger Mann in Uniform versuchte vergeblich, Cay Rotten zu zähmen.

»Ja, das sehe ich. Und warum, bitte schön?«

Colins Onkel nutzte die Ablenkung und riss sich los. Ich rechnete damit, dass er wegrennen würde. Aber im Gegenteil, er kam auf uns zu und sagte: »Weil wir keine Zeit für Interviews auf Ihrer Wache haben. Wir müssen handeln!«

»Nun mal sachte, Herr Rotten. So wie es aussieht, handelt auf dieser Baustelle erst mal eine Weile niemand mehr.«

»Sie verstehen nicht! Die Brause war gar nichts. Die eigentliche Zeitbombe tickt da unten noch.«

Der Polizist sah ihn verständnislos an.

Jetzt meldete sich auch Colins Vater zu Wort: »Herr Oberhauptkommissar, glauben Sie denn wirklich, wir hätten für ein bisschen Waldmeisteraroma einen solchen Aufwand betrieben? Wir – «

»Mitverklappt, Scheiße!« Uzi rief so laut, dass ich zusammenzuckte.

Alle blickten auf das Mädchen, keiner verstand.

»Jungs«, sie wandte sich zu Colin und mir, »erinnert ihr euch, was Colins Vater in dem Video gesagt hat? Die Fässer wurden *mit*verklappt! Es geht wirklich nicht um die Brause, da schlummert noch etwas anderes!«

Und dann fiel auch bei mir der Groschen: »Bevor Rotten-Limo Rotten-Limo war, wurde dort Rohrreiniger hergestellt.«

Uzi nickte.

Cay und Christian sahen uns irritiert an. Christian fing sich als Erster: »Die Kinder haben recht, da schlummert wirklich noch etwas anderes. Nämlich tonnenweise Kloputzmittel. Und wenn die Explosionen unsere Fässer beschädigt haben und der Inhalt nun ins Wasser gespült wird … gute Nacht, Marie! Dann sind ein paar tote Biber unser geringstes Problem.«

»Chlorreiniger. Auch bekannt als Natriumhypochlorit. Fieses Zeug, bleichend und ätzend. Giftig, brandgefährlich und explosiv«, ergänzte Cay.

Ich traute meinen Ohren nicht. Unter unserer Burg war eine halbe Chemiefabrik verscharrt. Und wenn das Zeug in die Umwelt gelangte, würde es eine Katastrophe geben!

»Wir brauchen Bagger!« Wieder eine neue Stimme. Julia von Ebersau war zu uns gestoßen, sie hatte offenbar die letzten Wortwechsel mitgehört. »Sofort!«

Ich sah die Bauleiterin erstaunt an. Bagger? Genau das, wogegen sie sich die letzten Tage mit aller Kraft zur Wehr gesetzt hatte? Genau das, was den Sinn, die Bedeutung ihres gesamten Projektes zerstören würde?

Als hätte sie meine Gedanken gelesen, blickte mich Uzis Mutter durchdringend an: »Simon, es gibt keine andere Möglichkeit. Die Burg ist die Burg. Aber die Umwelt, die Gesundheit von Mensch und Tier … das alles ist jetzt wirklich wichtiger!«

»Frau von Ebersau hat recht. Wir müssen handeln. Sofort!« Colins Vater sah den Einsatzleiter beinahe flehentlich an.

Der nickte nur knapp und zückte sein Handy. »Hallo Zentrale. Wir brauchen hier eine Sondereinsatztruppe, Experten für Gefahrgut. Und schweres Gerät, Bagger, Räumfahrzeuge, so was halt. Schickt alles zum Toten Winkel. Jetzt sofort!«

24. KAPITEL
DER SCHLUCKAUF

DIENSTAG, 16. JULI, ZUR MITTAGSZEIT

Ich weiß nicht genau, wie die Chemie-Experten und Gefahrgut-Fuzzys von der Feuerwehr es dann geschafft haben, die Umweltkatastrophe zu verhindern. Denn wir alle mussten das Gelände räumen. Sogar Saladin, Löwenherz und die Hühner wurden in Sicherheit gebracht. Nur die Biber durften am Toten Winkel bleiben, als die Bagger anrückten.

Vier Tage nach der großen Schaumexplosion war die Gefahr jedenfalls gebannt, und wir konnten die Baustelle wieder betreten. Oder das, was von ihr übrig war. Denn ich sah schon von Weitem, dass nichts mehr war wie früher. Mein Magen verkrampfte sich, als hätte ich verdorbene Graupengrütze geschluckt.

»Wo ist denn eure Burg?«, fragte Colin verdattert.

»Abgetragen. Von den Gefahrgut-Spezialisten. Wir fangen wieder bei null an«, entgegnete Julia von Ebersau trocken. Wir waren zu fünft. Die Bauleiterin hatte ihre Tochter, Truschel, Colin und mich mitgenommen. Die Einzigen, die sie bei ihrem ersten Besuch dabeihaben wollte. Sie trug Leggings, Gummistiefel und ein pinkfarbenes T-Shirt. Und eine Sonnenbrille, denn die Regenfront, die uns tagelang zugesetzt hatte, war ferienhaftem Hochsommerwetter gewichen. Ich hatte meine Leinenkutte gegen Jeans getauscht. Die verschlammten Sandalen hatte ich weggeworfen, sie waren nicht mehr zu retten. Stattdessen trug ich wieder Turnschuhe an den Füßen.

Wir standen dort, wo bis vor Kurzem unser Backhaus gewesen war. Jetzt befand sich dort: nichts. Die Schmiede, der Pferdestall, Meister Götz' Brennofen: verschwunden. Auch das Essenszelt war fort. Die Erde war durchfurcht von den Spuren einer Planierraupe, etwas abseits stand ein Bagger, der darauf wartete, zurück in seine Garage gebracht zu werden. Alle Spuren unserer Arbeit waren wie weggewischt. Oder eher weggebaggert. Ich fühlte mich leer und unendlich traurig.

»Seht mal!«, rief Uzi. »Was ist das denn?!« An der Stelle, wo wir noch vor ein paar Tagen mit Schaufeln und Körben im Schlamm gebuddelt hatten, um das Wasser umzuleiten, verlief nun ein akkurat gezogener Graben im Erdreich.

Ihre Mutter stöhnte. »Ich weiß, die Feuerwehr hat mich schon gewarnt. Die Leute mussten erst mal die Baustelle trockenlegen, bevor sie die Fässer bergen konnten. Darum wurde als Allererstes dieser wunderschöne Kanal gebaggert. Ein Prachtstück.«

Der Wassergraben, gegen den die Bauleiterin so gekämpft hatte – er war jetzt da. Und er war das Einzige, das von unserem Projekt übrig war.

Uzi musste als Erste lachen. Es war nur ein leises Kichern, und ich konnte ihr ansehen, dass sie versuchte, es zu unterdrücken. Es gelang ihr nicht. Und es steckte uns an. Ein, zwei Sekunden hörte man am Toten Winkel nur Uzis leises Giggeln. Dann brach es aus uns allen heraus. Uzis Mutter prustete los, Truschel gackerte aus vollem Halse, Colin quietschte. Aus meinem verkrampften Magen stieg ein Glucksen, das mich so durchschüttelte, dass ich Schluckauf bekam. So standen wir am Wassergraben und lachten uns kaputt. Obwohl das alles eigentlich zum Heulen war.

Ein paar Tage darauf erfuhren wir von Julia von Ebersau die guten Nachrichten. Die Rottens hatten sich bereit erklärt, den Wiederaufbau der Burg zu bezahlen – und zudem das ganze Projekt bis zu seiner Fertigstellung in 25 Jahren zu finanzieren. Uzi war sicher, dass die Rottenbrüder das nur taten, um in der Öffentlichkeit nicht ganz blöd dazustehen. Sie hatten natürlich Angst, dass keiner mehr ihre Limonaden kaufen würde, klar. Und wegen der verklappten Giftfässer stand ihnen eine Gerichtsverhandlung bevor, da machte es sich gut, wenn sie öffentlich ein bisschen Reue zeigten. Aber ich glaube, dass das nicht der einzige Grund für ihre großzügige Geldspende war. Ich glaube, dass sie die Sache wirklich wiedergutmachen wollten. Ich hoffe es jedenfalls. Und ich hoffe auch, dass sie aus ihren Fehlern gelernt haben.

Das hatte Julia von Ebersau übrigens auch. Als der Burgturm das zweite Mal gebaut wurde, achtete die Bauleiterin strengstens darauf, dass die Wendeltreppe nicht so krumm wurde wie beim ersten Versuch. Und natürlich durfte jetzt in die Tiefe gebaut werden. Die Gefahrgut-Experten von der Feuerwahr hatten nämlich nicht nur die

Giftfässer geborgen, sondern gleich vorsichtshalber die ganze unterirdische Müllhalde ausgebaggert und als Sondermüll entsorgt. So kamen wir doch noch zu unserem Burgverlies.

Ja, und aus Fehlern gelernt haben natürlich auch Uzi, Colin und ich. Schließlich hätten wir mit unserem Sandsacktrick beinahe eine Katastrophe ausgelöst. Statt die Biber zu retten, hätten wir fast alles Leben im Fluss vernichtet. Ich weiß noch nicht, was wir das nächste Mal machen, wenn wir eine Nagerfamilie vor einer Horde mordlustiger Mittelalterfreaks beschützen müssen. Aber wir haben uns vorgenommen, vorerst keine Burgbaustellen mehr zu fluten.

Ina Rometsch und **Martin Verg**, beide Jahrgang 1971, schreiben gemeinsam Krimis für Kinder – obwohl sie an unterschiedlichen (zum Teil weit entfernten) Orten wohnen. Ihre Romane »Geheimsache Labskaus« (9060 km) und »Krabbentaucherkacke!« (749 km) wurden vom NDR als Hörspiele adaptiert. »Biberfieber« ist ihr drittes Buch. Die beiden leben zurzeit in Freiburg und Hamburg (637 km).